Perhaps 1

Emma F. Jaeger

Perhaps 1

Novelle

ihleo verlag

Bibliografische Information der Deutschen Nationalbibliothek

Die Deutsche Nationalbibliothek verzeichnet diese Publikation in der Deutschen Nationalbibliografie; detaillierte bibliografische Daten sind im Internet über http://dnb.d-nb.de abrufbar.

Impressum

Umschlagabbildung: „First Lady and Son", 30. November 1962
© Cecil Stoughton

Gesamtherstellung: ihleo verlag – Dr. Oliver Ihle,
Schlossgang 10, 25813 Husum
info@ihleo.de, www.ihleo-verlag.de

ISBN 978-3-940926-80-7

Es gelingt wohl,
alle Menschen einige Zeit und
einige Menschen alle Zeit,
aber niemals alle Menschen alle Zeit
zum Narren zu halten.

Abraham Lincoln

Ein Mittwoch Anfang Juni 1963

Im Wald

Ein Auto mit abgedunkelten Scheiben fuhr durch eine gottverlassene Gegend im Norden von Amerika. In der Nähe eines kleinen Dorfes in Massachusetts hielt der Wagen an. Es war ein lauer Sommermorgen um sechs Uhr Anfang Juni 1963. Ein Mann mittleren Alters stieg aus dem Auto. Er strich sich durch sein Haar und verabschiedete sich von seinem Fahrer. Dieser lehnte sich an den Wagen und rauchte eine Zigarette. Er war noch sehr jung.

„Danke Charly. Hol' mich heute Abend um sieben bei ‚Mel's Diner' wieder ab", rief der Mann dem Sohn seines Chauffeurs im Gehen zu und hob zum Gruß nochmals die Hand.

Er wollte auf dem Mohawk Trail wandern. Er hatte einen Rucksack dabei. Der Mann atmete die frische, feuchte Waldluft tief ein. Es gab nichts Wundervolleres. Er wanderte nicht ziellos durch die Gegend. Damals als Student in Boston war er hier gewesen. Er erinnerte sich noch gut an diesen unbeschwerten Tag vor gefühlten hundert Jahren, als wäre es gestern gewesen. Was hatte er mit seinen Freunden Spaß gehabt an diesem Wochenende.

Er war auf dem Weg zu der Bronzestatue des Mohawk-Indianers, die mitten im Wald stand.

Ein Mann allein im Wald.

Allein auf der Welt.

Unbeobachtet.

Frei und ungebunden.

Unkritisiert. Unbejubelt. Ungeschützt.

Leere im Kopf. Nur Genießen.

Laufen, laufen, laufen.

Ohne Schmerzen.

Es würde ihm stundenlang keine Menschenseele begegnen.

Als er bei der Indianerstatue ankam, ging er um sie herum und fuhr mit seinen schlanken Händen über die Inschrift. Dann setzte er sich im Schneidersitz, wie ein kleiner Junge, zu Füßen der Statue hin und kramte in seinem Rucksack. Hundert verschiedene Steine aus allen Teilen Amerikas bilden die Einfassung der beeindruckenden Statue.

Hail to the sunrise.

Unweigerlich begann eine Zeitreise im Kopf.

Der Mann fand in seinem Rucksack eine Metallröhre, öffnete sie und entnahm ihr eine Zigarre. Eine teure Zigarre. Er zündete sie an, machte einen tiefen Lungenzug und grinste selbstgefällig vor sich hin. In diesem Moment war er glücklich.

Eine tiefe Glückseligkeit durchströmte ihn geradezu.

Er klemmte sich seine teure Zigarre zwischen seine ebenmäßigen Zähne und durchsuchte erneut seinen Rucksack. Er holte ein kleines, in Leder gebundenes Buch hervor und schlug es auf.

„Wir sind ein Teil der Erde“

Die Erzählungen nach einer Rede des Häuptlings Seattle vor dem Präsidenten der USA im Jahr 1855 …

„Meine Worte sind wie die Sterne,
sie gehen nicht unter.
Jeder Teil dieser Erde ist meinem Volk heilig,
jede glitzernde Tannennadel, jeder sandige Strand,
jeder Nebel in den dunklen Wäldern, jede Lichtung,
jedes summende Insekt ist heilig in den Gedanken und Erfahrungen meines Volkes.

Der Saft, der in den Bäumen steigt, trägt die Erinnerung des roten Mannes …“

Er legte sich auf den Rücken. Mit verschränkten Armen blinzelte er in die mittägliche Sommersonne. Er dachte an viele Dinge aus seiner Vergangenheit. An sein Leben, seine Familie, seine Kindheit. Der Tag gehörte ihm. Trübe Gedanken wurden nicht aus seinem Unterbewusstsein an die Oberfläche gespült.

Heute nicht.

Wie es wohl vor hundert Jahren an diesem Platz gewesen war, oder noch weiter in der Zeit davor.

„Ein Menschenleben dauert nur einen Wimpernschlag. Eigentlich bin ich ganz klein und unbedeutend, eine Ameise, eine Ameise im Kosmos der Zeit. Ja. Klein und unbedeutend“, murmelte er vor sich hin.

Er hatte keine Zweifel, keine Ängste und fühlte sich befreit von allen Problemen. Es ist alles ganz leicht. Ja, es wird alles ganz leicht sein.

Er fühlte sich beschwingt und leicht, als er weiterwanderte.

Er watete barfuß durch einen Fluss. Als er ihn überquert hatte, lief er noch eine Weile ohne Schuhe weiter. Er hatte keine Bedenken, irgendwo hineinzutreten.

„Naturbursche“ sagte seine Mutter immer zu ihm, als er noch ein Kind war. Sie wuschelte ihm oft durch sein Haar. Das war das Äußerste an Zärtlichkeit, was er von ihr zu erwarten hatte. Er war braungebrannt und zäh. Immer zu einer Schandtat bereit, in der Schule nicht so ehrgeizig wie erwünscht, aber mit so viel Charme, dass er alle um den Finger wickeln konnte.

Schon damals.

Um kurz vor sieben schlenderte er die Straße Richtung *Mel's Diner* entlang. Es war noch wunderbar warm. Der Mann freute sich auf eine eiskalte Coke und ein gutes Steak mit Baked Potatoes. Nach diesem außergewöhnlichen Tag ein gebührender Abschluss, fand er.

Von Weitem sah er seinen Wagen. Charly saß lässig auf der Haube und rauchte eine Zigarette.

Als er ihn kommen sah, machte er einen Satz herunter und tat so, als hätte er ihn nicht bemerkt. Der Mann schmunzelte vor sich hin, als er näher kam. Charly schaute noch immer in eine andere Richtung.

„Hey, Charly", rief er, „du bist ja schon da".

Dieser drehte sich um.

„Haben Sie gesehen, dass ich auf Ihrem Auto gesessen hab, Sir? Ja, oder? Tut mir leid, kommt nicht wieder vor, Sir. Echt!" Er schaute betreten zu Boden.

„Ach, das Auto. Charly, komm, lass uns etwas essen, nach diesem grandiosen Tag!", sagte er zu dem Jungen.

Dann saß Charly eher, als er sich versah, in *Mel's Diner* und musste mit ihm essen.

Sie unterhielten sich über alles Mögliche. Über Autos, Charlys Studium, was schwer zu ermöglichen war für seine Eltern. Über Mädchen, über Sport, und Charly stellte verdutzt fest, dass er sich mit einem ganz normalen Mann unterhielt. Ohne Überheblichkeit.

Einen Heiligenschein konnte Charly auch nirgends entdecken.

Auf dem Heimweg fragte der Mann Charly, ob er bald seine Fahrkünste erneut in Anspruch nehmen dürfe.

„Jederzeit, Sir. Jederzeit", grinste Charly und schaute zu ihm herüber.

Es gibt nicht viele perfekte Tage in so einem Leben. Tage, an die man sich bis zu seinem Lebensende zurückerinnert. Sie ließen sich unter Umständen manchmal sogar nur an einer Hand abzählen. Heute war so ein perfekter Tag gewesen.

Den ließ er sich spät abends in der Badewanne wie ein gutes Dessert noch mal auf der Zunge zergehen. Bevor er sich in seinen kuscheligen Bademantel hüllte und zu Bett ging.

Allein.

Das Telefon klingelte unten im Wohnzimmer. Doch das hörte er nicht mehr.

Die Vorwürfe und Belehrungen seines Bruders mussten bis morgen warten.

Ein Freitag Mitte Juni 1963

Nachts im Auto

Am späten Abend eines Freitags irgendwann Mitte Juni fuhren zwei Männer in einem älteren, unauffälligen Lincoln auf dem Highway Richtung Norden. Eine weitere Arbeitswoche lag hinter ihnen. Übers Wochenende wollten sie bei ihrer Familie auf Cape Cod sein.

„Warum wolltest du nicht fliegen?", fragte der Jüngere der beiden.

„Zu aufwendig. Außerdem wollte ich mit dir allein sein. Mal ganz allein. Endlich mal. Eine unendlich lange Fahrt, Lichter in der Nacht, der Sternenhimmel, das gleichmäßige Brummen des Motors. Total entspannend."

Sein Bruder schaute ihn von der Seite an und zog die Augenbraue hoch. Aber er ließ ihn in Ruhe. Er sagte nichts. Irgendetwas lief völlig in die falsche Richtung … Er benahm sich in letzter Zeit so seltsam.

Der Ältere der beiden schaute aus dem Fenster. Städte und kleinere Ortschaften flogen in der Dunkelheit an ihnen vorbei. Er musste an einen Tag Ende Mai denken. Er hatte einen Termin. Bei seinem neuen Arzt.

Dieser hatte ihm eine realistische, aber vor allem eine verheerende Diagnose gestellt: Selbst wenn er sein Leben radikal ändern würde, keine experimentellen Mittel mehr schlucken, keine Spritzen mit dubiosen Substanzen, Pillen oder dergleichen. Nicht mehr trinken noch rauchen. Auf seinem Tisch lag eine Krankenakte so dick wie ein Buch, in der er immer wieder hin und her blätterte. Dann schaute er ihn ernst an.

„Jack. Sie haben Leberzirrhose. Ich muss Ihnen nicht sagen, was das bedeutet. Es war wohl alles zu viel. Die vielen Medikamente, die vielen Krankheiten. Das Rauchen und der Whisky. In Ihrem desolaten Zustand … Grauenvoll. Verheerend. Wie, wenn man mit einer Fackel in ein Munitionslager läuft. Das hat die Leber nicht verkraftet."

„Wie lange, Doc?", wollte er wissen.

„Höchstens ein halbes Jahr noch. Die zweite Runde schaffen Sie nicht mehr, wenn Sie mich fragen. Und wenn ich ganz realistisch bin, wäre es ein Wunder, wenn Sie Weihnachten noch zu Hause wären." Er seufzte und schaute seinen Patienten an. „Reden Sie mit Ihrer Frau und Ihrer Familie. Ich kann nur die Schmerzen lindern. Was anderes bleibt nicht mehr."

„Ok, Doc", lächelte er und fuhr sich verlegen durch die Haare. „Es ist zu lange gut gegangen. Ich spürte es die ganze letzte Zeit, wissen Sie. Es war irgendwie anders. Für jeden ist irgendwann Zahltag."

„Man kann einigen Leuten einige Zeit was vormachen, aber nicht allen Leuten alle Zeit, Jack", sagte der Arzt bedeutungsvoll.

„Ich werde einen Weg finden", antwortete er.

Es war schon oft auf Messers Schneide gewesen und bis jetzt war er immer wieder davongekommen. Das Schicksal hatte es gut mit ihm gemeint.

Jetzt in der Dunkelheit der Nacht hatte er endlich Zeit, über seine Situation nachzudenken. Eine Bestandsaufnahme zu machen.

Er war völlig klar im Kopf.

Was hatte er wirklich erreicht …

Was war nur Schein …

Was würde er niemals erreichen, trotz seiner Stellung …

Auch wenn ihm seine Zeit nicht zwischen den Fingern zerrann. Seine perfekte Fassade musste bewahrt werden.

Was würde bleiben … Was hatte der Arzt gesagt? „Man kann einigen Leuten einige Zeit was vormachen, aber nicht allen Leuten alle Zeit." Er würde einen Weg finden, allen Leuten alle Zeit etwas vorzumachen.

„Ich werde sterben", sagte er in die Stille der Nacht. „Ich werde sterben, Bob."

In seiner Stimme schwang etwas mit. Etwas, das keinen Zweifel zuließ. Sein jüngerer Bruder hielt unvermittelt auf dem Seitenstreifen mitten auf dem Highway an.

Ihm liefen Tränen über die Wangen. Er konnte sich nicht dagegen wehren. Es brach einfach aus ihm heraus.

„Hey. So kenne ich dich gar nicht. Jeder muss doch mal gehen. Meine Zeit ist jetzt", sagte er ganz ruhig. Er war perplex. Das hatte er nicht erwartet. Alles, nur das nicht.

Sie waren darauf gedrillt worden, immer Fassung zu bewahren. Nie Gefühle zu zeigen noch zuzulassen. In welcher Lebenssituation auch immer. Er legte seinem Bruder die Hand auf die Schulter.

„Ich werde deine Hilfe brauchen. Ich will einen Abgang mit Stil. Nicht an Schläuche angeschlossen. Mit Schmerzmitteln vollgepumpt. Das musst du mir versprechen."

Sein Bruder nickte ein paarmal stumm vor sich hin und wischte sich die Tränen mit dem Handrücken ab.

„Und wie …", wollte er fragen. Doch weiter kam er nicht mehr. Reifen quietschten neben ihnen. Zwei Polizisten kamen im Dunkeln auf ihr Auto zu. Einer hatte seine Waffe im Anschlag, der andere eine Taschenlampe in der Hand. Er blendete abwechselnd die zwei Männer im Auto. Diese versuchten sich mit ihren Händen das Gesicht zu verdecken.

„Was soll's denn werden, ihr zwei Komiker? Aussteigen. Fahrzeugkontrolle!"

Die zwei Männer schauten sich an. Sie stiegen aus.

„Pass!", bellte der eine Polizist.

„Die befinden sich im Handschuhfach, Sir", grinste der Ältere der beiden.

„Hände aufs Dach, Beine auseinander!“, brüllte der andere.

„Moment mal …“, startete der Jüngere einen Erklärungsversuch.

„Schnauze!“, blaffte der Polizist mit der Waffe und fuchtelte mit dieser umher.

„Öffnen Sie den Kofferraum!“, befahl der andere Polizist.

„Der ist offen“, bemerkte der ältere der Männer trocken.

Der Polizist ging um den Wagen herum und öffnete ihn. Darin lag ein Koffer. Ein langer, schwarzer, schmaler Koffer. Wie ein Gewehrkoffer.

„Haben Sie einen Waffenschein?“, wollte der eine Polizist wissen.

„Nein, ich halte nichts von Leuten, die wahllos durch die Gegend schießen“, antwortete der Ältere amüsiert.

Der eine Polizist entriegelte seine Waffe.

„Schauen Sie in den Koffer“, entgegnete der Jüngere sichtlich nervös. „Nein, warten Sie: Ich mache ihn auf. Ich zeige Ihnen, was sich darin befindet“. Mit zitternden Händen öffnete er den Lederkoffer. Darin befanden sich zwei handgefertigte, teure Billardqueues.

„Was ist nun mit den Pässen?“, fragte der Polizist unbeeindruckt.

„Schauen Sie ins Handschuhfach!“, sagte der Jüngere und man merkte ihm an, dass er mittlerweile mit seiner Fassung rang. „Unsere Pässe sind im Handschuhfach.“

Der Polizist mit der Taschenlampe ging um das Auto herum und öffnete das Handschuhfach. Er fand die Fahrzeugpapiere und die Pässe. Er starrte ungläubig auf die Dokumente, legte sie zurück, ging um den Wagen herum und forderte die zwei Männer nun ausgesprochen höflich auf, sich umzudrehen.

„Würde es Ihnen etwas ausmachen, wenn ich Sie beide nochmals anleuchten würde, Sir. Bitte, Sir. Ich bin auch ganz vorsichtig.“

„Ja, schon gut", grinste der Ältere der beiden. Er konnte ein Auflachen kaum unterdrücken.

„Du hast Nerven", zischte der Jüngere.

„Ich hab' doch nichts zu verlieren", flüsterte der Ältere.

„Du spinnst ja", raunte der Jüngere ihm zu. Sie standen im Scheinwerferlicht. „Wie kann man denn da so cool bleiben. Die hätten uns fast weggepustet. Bäng. Mensch, ich hab 'ne Frau und 'nen Stall voller Kinder zu Haus."

So ungehalten hatte er seinen jüngeren Bruder selten erlebt. Er grinste ihn mit seinem charmantesten Lächeln von der Seite an.

„Und ich habe gedacht, ich kenn' dich in- und auswendig. Mann."

Er legte ihm seine Hand auf die Brust, um ihn zu beruhigen. Der andere fing an, mit den Armen rumzufuchteln, und presste hervor: „Lass mich in Ruhe!"

„Wo sind die denn hin?", stellte der Ältere der beiden fest, als er sich umdrehte. Sie waren allein.

„Die waren wahrscheinlich so geschockt, dass sie das Weite gesucht haben", sagte der eine erstaunt.

„Oder sie wollten nicht bei Familienstreitigkeiten stören", lachte der andere.

„Wenn du nicht sofort still bist, erdrossele ich dich mit Mutters Rosenkranz. Der liegt nämlich auch noch vorn im Handschuhfach."

„Das wäre vielleicht am praktischsten", sagte der Ältere lakonisch.

Der Jüngere der zwei verdrehte die Augen und schüttelte immer wieder den Kopf.

„Los, steig ein, du Spinner. Wir fahren!"

Ein Samstagmorgen Mitte Juni 1963

Zu Hause

Morgens hatte er nicht länger geschlafen, obwohl er das nach der letzten Nacht dringend nötig gehabt hätte. Dazu hatte er aber keine Chance. Morgens um sieben kamen seine Tochter und sein Sohn in sein Zimmer gestürmt und fielen über ihn her.

Nun lag er mit ihnen zusammen im Bett. Ein Kind rechts, eins links an ihn gekuschelt, las er ihnen aus ihrem Lieblingsbuch vor.

Irgendwann kam seine Frau ins Zimmer. Sie ging um das Bett herum, gab erst ihm und dann den Kindern einen Kuss.

„Na, ihr hättet Daddy wirklich noch schlafen lassen können, ihr zwei." Und zu ihrem Mann gewandt sagte sie: „Ach je, du Armer. Du hast doch bestimmt noch nicht ausgeschlafen. Du musst völlig fertig sein. Soll ich dir das Frühstück ans Bett bringen?"

„Aber nur, wenn du dich noch mal zu mir kuschelst, Jay. Sonst stehe ich auch gerne auf, um auf der Terrasse mit dir zu frühstücken."

Er grinste sie charmant von der Seite an.

Sie hatten sicher auch viele schwere Zeiten hinter sich gebracht. Aber sie waren zusammen geblieben. Nach vielen Aufs und Abs. Jays Schwiegervater hatte ihr sogar Geld geboten, nur damit sie blieb. Doch sie ließ sich nicht kaufen. Eine völlig neue Erfahrung für ihren Schwiegervater. Bis dahin hatte er alles und jeden kaufen können. Es war alles nur eine Frage des Preises. Aber nach der Ablehnung seines Angebots hatte er Achtung und Respekt vor ihr. Er liebte sie mehr als die meisten seiner eigenen Kinder. Als er krank wurde, war sie die Erste, die zu ihm eilte. Sie war die Einzige, die er sehen wollte.

„Ich bringe unsere Mäuse nur schnell rüber zu Bob. Da fallen zwei mehr oder weniger gar nicht auf. Ich bin gleich wieder da.“ Sie lachte unbeschwert. „Dann mal los ihr zwei. Auf geht's. Anziehen!“

Als sie aus dem Zimmer waren, griff er in seine Nachttischschublade. Wie so oft. Etwas gegen die Schmerzen. Etwas gegen die Müdigkeit. Er spülte alles mit einem großen Schluck Wasser herunter. Bis sie wieder bei ihm war, wirkten die Mittel. Da war er sich sicher.

Er hatte neue Medikamente bekommen. Sein neuer Arzt aus Boston war sehr seriös. Eine Koryphäe auf seinem Gebiet. Der wusste zumindest, was er tat.

Die ganzen anderen Mittel hatte er ins Meer geworfen. Vor drei Monaten, als er vor Martha's Vineyard allein segeln war.

Heute Nacht war er nach einem langen Gespräch mit seinem Bruder zu dem Entschluss gelangt, Jay nichts über seine Diagnose mitzuteilen.

Was sollte er ihr auch sagen?

Sie hatten endlich zueinander gefunden. Seit über einem Jahr hatte er keiner anderen Frau mehr Beachtung geschenkt. Nachdem er so geschockt, ja geradezu schockiert war, was letztes Jahr auf seiner offiziellen Geburtstagsfeier vorgefallen war. Gott sei Dank war Jay nicht dort auf dieser Feier gewesen. Ein Alptraum.

Sie hatte Vertrauen zu ihm. Endlich. Es war ein hartes Stück Arbeit, sie zurückzugewinnen. Was sollte er ihr in dieser Situation sagen? Irgendwann war ihm bewusst geworden, dass er sie wirklich liebte.

Sie sollte ihn so in Erinnerung behalten. Das wäre für sie das Beste. Sie würde stark sein, alles gut organisieren und gut für ihre Kinder sorgen. Sie war eine absolute Perfektionistin. Er kannte sie. Mit ihrem Stil und ihrem Instinkt würde sie alle Schwierigkeiten meistern.

Sie war wieder schwanger. Ihr drittes Kind würde er noch sehen. Zumindest noch sehen … So lange würde es nicht mehr dauern, bis es zur Welt kam. Auf jedes Kind freute er sich irgendwie mehr. Ende Juni hatte er einen mehrtägigen Termin in Europa. Und natürlich Irland …

Nach Irland wollte er unbedingt. In dieses wunderbare, ursprüngliche Land. In der Zeit, wo das Kind kommen würde, hatte er diesmal keine Termine im Ausland.

Als sie endlich zu ihm kam, nachdem sie die Kinder weggebracht hatte, nahm er sie in den Arm.

„Komm her", flüsterte er ihr ins Ohr. Er zog sie auf ihr Bett. Dann legte er ihr vorsichtig die Hand auf ihren Bauch und küsste ihn ein paar Mal.

„Was ist denn mit dir los?", stammelte sie. „Du versetzt mich immer wieder in Erstaunen", strahlte sie ihn an.

J. lachte.

Mit seinen Kindern hatte sich die Liebe in sein Leben geschlichen. Endlich begriff J., was das war – Liebe.

Und er hatte sich vor einiger Zeit geschworen, seine Kinder anders aufzuziehen. Ohne Bestrafung. Ohne Demütigung. Aber mit viel Freude und Verständnis. Nicht mit so viel Strenge und Leistungsdruck wie er und seine Geschwister.

Die kostbare Zeit, die ihm jetzt noch blieb, wollte er so intensiv wie möglich nutzen.

Mitte Juni 1963

Spät am selben Abend

Nach dem gemeinsamen Abendessen mit allen Familienmitgliedern wollte J. noch einen Spaziergang mit seinen Hunden am Strand unternehmen.

So ein gemeinsames Essen war immer wie ein Familienfest. Zuweilen saßen zwanzig bis dreißig Personen abends auf der Terrasse oder im Esszimmer. Vor allem, wenn er und sein Bruder übers Wochenende zu Hause waren. Sie benahmen sich alle so, als müsste das gefeiert werden.

Jetzt wollte J. den Abend allein ausklingen lassen.

„Hättest du was dagegen, wenn ich dich begleite?", fragte Bob etwas schüchtern.

„Natürlich nicht. Komm schon", grinste sein älterer Bruder.

Sie gingen eine Weile am Wasser entlang, ohne zu reden. Sie genossen still, dass sie zusammen waren. Jeder hing nach allem Anschein seinen eigenen Gedanken nach.

In der Ferne zogen Wale im Meer in der untergehenden Abendsonne.

Sie gingen bis zu ihrem Lieblingsplatz, wo sie sich schon als Kinder aufhielten, wenn sie etwas ausgefressen hatten. Nachdem sie Steine über die Wasseroberfläche hatten flippern lassen, so wie früher, setzten sie sich auf einen Felsen.

„Hast du mit Jay gesprochen?", wollte Bob wissen.

„Meinst du, dann hätten wir ein so harmonisches Familienessen genießen können, heute Abend? So viel Fassung könnte selbst Jay nicht bewahren. Sie ist schwanger. Nicht, dass sie sich so sehr aufregen würde, dass dem Baby was passiert! Ich kann ihr das nicht zumuten. Ich werde ihr nichts sagen, Bob. Absolut nichts!", sagte er ganz bestimmt. „Weißt du, ich will keinen mehr sehen. Ich will mich auf das Wesentliche konzentrieren. Keine verlogenen Freunde, keine oberflächlichen Small Talks, keine Zeitverschwendung mehr mit sogenannten Geschäftsfreunden auf dem Golfplatz. Oder wo auch immer. Diese verdammten Rattengesichter! Alle wollen einen nur ausnutzen. Das kotzt mich alles nur noch an."

Er sah zum Horizont. Sie schwiegen eine Weile. Sein jüngerer Bruder wusste nicht, was er darauf erwidern sollte.

„Wir haben das Leben genossen. Und zwar in vollen Zügen. Oft. Wir hatten viele Privilegien. Die Zeit ist nur so gerannt. Findest du nicht? Sei doch ehrlich. Die beste Zeit hatten wir! Sie war wundervoll. Was spielt es schon für eine Rolle, Bob: Ob ich sechsundvierzig werde oder achtzig? Es spielt keine Rolle. Die paar Jahre. Ich habe so viel erlebt. Das reicht definitiv für mehr als ein Leben. Ich war dem Tod oft so nah. Weißt du, ich habe keine Angst vorm Sterben, Bob."

J. legte Bob den Arm um die Schulter.

So saßen sie auf dem Felsen am Meer. Als wären sie wieder Kinder. Sie waren wieder jung und unbeschwert. Eine kurze Zeitspanne. Ein paar geklaute Minuten in der Ewigkeit.

An diesem Abend, als alle schlafen gegangen waren, saßen die zwei noch lange in der Bibliothek. Sie hatten den Kamin befeuert, rauchten Zigarren und tranken den besten Whisky, den sie in der Bar finden konnten.

„Was meinst du, was Mutter jetzt sagen würde, wenn sie uns so sehen könnte: rauchend und trinkend, mit den Füßen auf dem Tisch!", amüsierte sich J.

„Unsere Tugendwächterin!", lachte Bob.

Sie schauten sich verschwörerisch an.

„Das habe ich gehört, Jungs", kam eine Stimme aus dem Flur in ernstem Ton. Ihre Mutter hatte sich etwas zu trinken aus der Küche geholt. Auf dem Weg die Treppe nach oben musste sie vor sich hin schmunzeln, als sie das Gelächter aus der Bibliothek vernahm.

Irgendwann mitten in der Nacht, nachdem sie über so manche Ereignisse aus der Vergangenheit gelacht, geflucht oder sich lustig gemacht hatten, kam der Ältere der zwei auf ein ganz anderes Thema zu sprechen.

„Bob. Ich habe dich nie gefragt, aber …", er atmete tief durch, um nach einer kurzen Pause weiter zu fragen: „Wo warst du vom 4. auf den 5. August letztes Jahr?"

„In Brentwood. Ich war in Brentwood", sagte sein Bruder tonlos, „mit Momo."

J. machte einen tiefen Zigarrenzug. Er schaute nachdenklich an die Zimmerdecke. Nach einer Weile sagte er: „Auf Momo kann man sich verlassen."

Mitte Juni 1963

Sonntagmittag auf dem Meer

Kurz war er versucht, sich einfach vollgepumpt mit seinen Medikamenten in die Fluten gleiten zu lassen …

Das würde ihm niemand abkaufen.

Er war ein zu guter Schwimmer.

Ein Beachboy und immer braun gebrannt.

Der Lebensretter ohne Nerven.

Der Kriegsheld.

Nein, das wäre zu einfach für ihn …

Außerdem total unglaubwürdig.

Zu leicht wollte er es sich nicht machen.

Er war ein Betrüger.

Er war Jack.

Er war John.

Er war ein Buddy und ein Mistkerl.

Honey, Sweetheart, Mr. P. und sogar der Schweinehund.

Der liebende Ehemann.

Und vor allem der gehorsame Sohn, der immer tat, was von ihm verlangt wurde.

Er war alles gewesen. Wirklich alles.

‚Es reicht', dachte J., ‚es reicht wirklich. Mehr kann man nicht erreichen.'

Es war der ideale Zeitpunkt, um zu gehen.

Wer war er eigentlich wirklich, fragte er sich in diesem Moment.

Jede Luftblase platzt irgendwann. Wenn seine Blase platzen würde, wäre das verheerend.

Für Jay.

Für seine Familie.

„Man kann einigen Leuten einige Zeit was vormachen …!“

‚Ich werde die Sache selbst zum Platzen bringen. Das ist die einzige Möglichkeit, um aus der Nummer rauszukommen‘, schwor er sich.

Er hatte sehr viel Gutes getan. Das würde aber keine Rolle spielen, wenn alles andere ans Licht kommen würde.

Er entschied sich hier und jetzt …

Er wollte als Held nach Arlington.

Unvergessen.

Von Millionen geliebt, von Millionen betrauert.

Unsterblich – ohne Alter.

Eine Ikone … noch in hundert Jahren.

Er segelte mit der Jacht, die er vor einiger Zeit von seinem Vater geschenkt bekommen hatte, vor der Küste von Cape Cod.

Ein Tag im Frühjahr 1961

Mittags im Büro

Es klopfte an der Tür.
„Deine neuen Schuhe sind angeliefert worden."
„Das wurde aber auch Zeit."
Auf seine äußere Erscheinung legte J. größten Wert. Er war eitel. Und man könnte denken, er war ein narzisstischer Mann; wenn man es nicht besser wusste.

„Da ist etwas faul", behauptete sein Bruder.

„Was?", wollte J. wissen.

„Mit den Schuhen, meine ich", antwortete Bob.

„Wieso? Sind sie nicht gut verarbeitet?"

„Doch schon. Tadellos. Wie immer. Aber die Schuhe wurden nicht von der Firma direkt geliefert. Der Laufbursche deines Sicherheitschefs balancierte vorhin die Kartons auf den Armen umher und stellte sie ins Foyer."

„Ach was", grinste J. „Er denkt, er kann Spielchen mit mir treiben! Den Zahn werde ich ihm ziehen. Die Schuhe hat er todsicher mit Wanzen versehen!", amüsierte sich J.

„Der Typ liest zu viele Krimis, wenn du mich fragst", bekam er zur Antwort.

„Oder ich", stellte J. trocken fest.

Ein paar Tage später saß besagter Sicherheitschef ganz entspannt in seinem Büro. Er war sichtlich mit sich zufrieden. Er grinste selbstgefällig vor sich hin und schaute auf seinen Überwachungsmonitor. ‚Einfach genial. Ich bin genial', freute er sich und zündete sich eine gute Zigarre an.

Die Tür öffnete sich und J. trat ein.

„Wie … wieso …“, stammelte der Mann fassungslos. „Sie sind doch noch in Boston!“

„Die Schuhe sind noch in Boston!“

„Ich verstehe nicht, Mr. P.“, gab sich der Mann völlig ahnungslos.

„Sie verstehen mich sehr wohl. Die Schuhe, die Sie mir verwanzt haben, sind in Boston. Im Spendencontainer der Heilsarmee.“

„Die haben einen Wert von fünfhundert Dollar, Sir“, japste sein Sicherheitschef.

„Ja, ohne Wanzen“, lachte J. „Seien Sie nicht immer so ernst. Und schauen Sie mich nicht so schockiert an“, bat J. versöhnlich. Die Schuhe standen in Boston in seiner Wohnung.

„Bitte, Mr. P., ich habe Verantwortung. Ich will nur wissen wann, wohin und mit wem. Das ist doch nicht zu viel verlangt. Mr. P., ich bitte Sie! Sie können mich rund um die Uhr persönlich kontaktieren. Vierundzwanzig Stunden Exklusivservice sozusagen. Geben Sie mir zumindest Bescheid!“

„Ist das ein Befehl oder eine Bitte?“, lachte J. charmant.

Der Mann verließ ohne ein weiteres Wort den Raum und schlug die Tür hinter sich zu.

Wenn er sich ein paar Tage auf Cape Cod aufhielt und seine Leibwächter noch friedlich im Gartenhaus schliefen, fuhr er morgens um fünf Uhr mit seinem Cabrio durch die Gegend. Ging am Stand allein mit seinen Hunden spazieren. Oder er besuchte alte Freunde.

Einmal wurden alle nervös und panisch, dabei war er nur bei seinem Nachbarn in der Küche zum Frühstück. Er wollte allein sein.

Es kam auch vor, dass er sein Auto zum Reifenwechsel brachte, zum Frisör oder zum Bäcker ging und erst gegen Mittag wieder zu Hause auftauchte. Er grinste und amüsierte sich köstlich, dass er mal wieder alle in Angst und Schrecken versetzt hatte.

Sogar sein Bruder versuchte ihn zu belehren.

„Das hätte Mutter gesagt haben können“, amüsierte sich J. bei solchen Gelegenheiten. „Ach, komm schon! Lass mir meine Verschnaufpausen. Ich muss doch mal auftanken.“ Mit seiner entwaffnenden, charmanten Art konnte ihm keiner wirklich etwas abschlagen.

Er hasste es, auf Schritt und Tritt kontrolliert, überwacht oder beschattet zu werden. Verdammt noch mal – er konnte und durfte nichts allein machen! Diese Seite hatte er vorher nicht bedacht. Er wollte an die Macht. Aber was musste er dafür alles hinnehmen! Keine Privatsphäre, kein unbeobachteter Schritt. Ein Leben auf dem Präsentierteller. Private Momente in Hyannis Port oder auf Glen Ora waren kostbar.

Aber seine Frau schien zur Hochform aufzulaufen. Viele der neuen Privilegien kamen ihr sehr entgegen. Sie wurde vom Renoviervirus erfasst. Stilvoll und teuer. Er war manchmal kurz davor, ihr die Konten sperren zu lassen. Von ihren Eskapaden in diversen Modeboutiquen ganz zu schweigen. Das war ihre Rache für sein unmögliches Benehmen.

Aber sie war sein Ass im Ärmel. Seine Geheimwaffe. Die ganze Welt lag ihr zu Füßen.

Zu Hause hatte sie entweder ihre Reitsachen an oder war bequem gekleidet, mit Pferdeschwanz und ungeschminkt, rauchend … Wenn sie unterwegs waren, passierte etwas mit ihr. Sie war optisch eine völlig andere. Strahlend, mit einer besonderen Aura. Faszinierend. Einzigartig. Es war auch für J. immer wieder besonders.

Ein Tag im Oktober 1953

Unterwegs

Eine junge Frau von vierundzwanzig Jahren war allein unterwegs. Sie fuhr in ihrem Wagen Richtung Norden. Immer an der Küste entlang.

Sie hatte ein Kopftuch auf und eine große Sonnenbrille verdeckte ihre Augen. Sie trug Jeans, Ballerinaschuhe und eine weiße Bluse. Keinen Schmuck, außer einem goldenen Ring an ihrem Ringfinger. Ihre Hochzeit war noch nicht lange her. Um genau zu sein, waren es noch keine vier Wochen.

Was hatte sie sich nur dabei gedacht! Sie hätte sich niemals darauf einlassen dürfen. Niemals.

Ihr war schon vorher klar gewesen, was auf sie zukommen würde. Sie hatte gedacht, sie wäre stark genug, das alles zu meistern. Es war ihr auch klar, was von ihr erwartet wurde. Sie hatte zu funktionieren. Ohne Kompromisse. Nur zu funktionieren. Das war der Deal …

So verzweifelt war sie in ihrem Leben noch nie gewesen wie auf dieser Fahrt. Das dachte sie zumindest in diesem Moment. Wenn sie gewusst hätte, was sie noch alles zu überstehen hatte in der Zukunft …

Sie suchte nach einem Ausweg. Aber es gab keinen Notausgang.

Ihr Mann war eine glänzende Partie. Charmant, gut aussehend, gebildet und reich. Alle waren sich einig, dass ihr nichts Besseres passieren konnte. Bis auf ihre Mutter.

Ihr Mann war aber nicht nur das, er war vor allem ein Betrüger! Und er dachte sich offensichtlich gar nichts dabei.

Sie war am Boden zerstört. Verletzt und gekränkt. Es war ein Alptraum! Nein. *Er* war ein Alptraum. So konnte man eine Ehe nicht beginnen …

Sie musste eine Möglichkeit finden, um unbeschadet da herauszukommen.

Sie fuhr über die Grenze. In einem kleinen Ort an der Küste fand sie ein kleines, einfaches Motel. Sie war zu erschöpft, um weiterzufahren. Wie weit sie wohl überhaupt von zu Hause entfernt war? Ohne Ziel. Nur weg. Weg, weg, weg. Sie wollte nur Ruhe und allein sein. Eine Dusche und endlich schlafen.

Sie betrat die Rezeption des Motels.

Hinter der Anmeldung saß eine Frau mittleren Alters, sie hatte die Beine auf einen zweiten Stuhl gelegt. Bekleidet war sie mit einem Morgenmantel. Unter ihrem Kopftuch blitzten hier und da Lockenwickler hervor. Auf ihren Knien lag ein Magazin, in dem sie Kreuzworträtsel löste. Sie kaute auf ihrem Stift herum.

„Der Anmeldeblock liegt da rechts", brummte sie, ohne aufzuschauen.

Die junge Frau füllte das Anmeldeformular aus. Sie benutzte den Namen ihrer Großmutter. Das würde nicht sofort auffallen.

„Zeigen Sie mir das Zimmer, bitte?", fragte die junge Frau.

„Mmh. Jaa. Ich komme", sagte die Frau im Morgenmantel gedehnt und stand schwerfällig auf. Sie ging an der jungen Frau vorbei, ohne sie anzuschauen. „Kommen Sie", sagte sie etwas gelangweilt.

Als sie ein Zimmer des Motels aufschloss, achtete die junge Frau nicht auf die abgewetzte Tagesdecke des Bettes noch auf das alte, zerschlissene Sofa. Sie war zu erschöpft. Nach einem tiefen Seufzer stellte sie ihre Handtasche auf den Boden und ließ sich auf die Bettkante fallen.

„Alles o.k., Honey?", wollte die Frau wissen.

„Ja. Oh ja. Alles wunderbar", brachte sie hervor. Sie nahm ihre Sonnenbrille ab, gähnte ziemlich lang und ungeniert und kratzte sich am Kopf.

Die Frau im Morgenmantel starrte sie nun mit großen Augen an. „Sie sind … Sie sind … sind Sie wirklich …", fing sie an zu stammeln.

„Nein, ich bin nicht! Das passiert mir immer wieder. Glauben Sie, ich wäre sonst hier? Hier in dieser gottverlassenen Gegend? Und in so einem Motel? Ich glaube kaum", winkte die junge Frau ab. „Ach, ich wollte, ich wär's … Jeden Tag bedient werden. Reich sein. Ein Traum", seufzte sie und gähnte erneut. ‚Ein Alptraum', murmelte sie leise vor sich hin. „Entschuldigen Sie bitte. Ich bin ziemlich müde. Ich will nur noch duschen und ins Bett."

„Ich verstehe. Tschuldigung", erwiderte die Frau und verließ das Zimmer. Als sie wieder an der Rezeption war, blätterte sie sämtliche Klatschblätter durch, die sie finden konnte. „Die Ähnlichkeit ist total verblüffend. Aber die Kleine ist natürlicher. Nich' so künstlich und übertrieben. Aber diese Ähnlichkeit. Unheimlich", sagte sie vor sich hin, bevor sie mit ihren Kreuzworträtseln fortfuhr.

Die junge Frau erwachte erst am nächsten Mittag. Sie hatte vierzehn Stunden geschlafen. Traumlos und tief. Nach einer Tasse Kaffee und einer Zigarette machte sie einen ausgedehnten Spaziergang am Strand. Zwischendurch ermahnte sie sich immer wieder: „Dir wird was einfallen. Los, denk nach! Denk nach!"

Aber ihr kam kein guter Gedanke in den Sinn.

Auf dem Rückweg zum Motel nahm sie in einem kleinen Fischrestaurant einen Krabbencocktail und einen französischen Wein zu sich. Sie fand es herrlich.

Abends bestellte sie sich einen Sekt auf ihr Zimmer.

„Ich hab' tatsächlich noch eine Flasche gefunden. Is' von Silvester noch übrig geblieben. Is' nich' der Beste. Ich hoffe, er schmeckt trotzdem, Honey", sagte die Frau von der Rezeption.

„Der tut es schon, danke", sagte die junge Frau.

„Na, was zu feiern?", wollte die andere neugierig wissen.

„Das weiß ich noch nicht so genau."

Nachdem sie zu fortgeschrittener Stunde die Sektflasche geleert hatte, kippte sie die halb aufgetauten Eiswürfel des Sektkühlers in das Waschbecken. Dann trocknete sie den Sektkühler mit einem Handtuch und stellte ihn auf den Tisch.

Nachdem sie den ganzen Abend das Chaos ihrer Gefühle lebte, öffnete sie ihren Koffer und entnahm ihm ihr Hochzeitsalbum, rupfte alle Fotos heraus und stopfte diese in den Sektkühler.

Sie zündete sich eine Zigarette an und warf anschließend das Streichholz hinein. Sie prostete sich selbst im Spiegel zu. „Santé!"

Dann schaute sie, wie ihre Bilder in Flammen aufgingen, und leerte das letzte Sektglas.

Irgendwann in der Nacht kam sie zu der Erkenntnis, dass sie nicht einfach weglaufen konnte. Sie saß in der Falle. Jetzt musste sie das Beste aus ihrer unmöglichen Situation machen.

„Ohne mich kommt er auf gar keinen Fall dahin, wo er hinmöchte. Ich werde ihm eine Show bieten. Mademoiselle ist vorbereitet, intelligenter als er denkt, mehrsprachig und weltgewandt. Ich werde ihn fertig machen, wenn er mich zu sehr demütigt. Bei ihm ist alles nur Fassade. Er macht allen Menschen etwas vor. Oh, was kann er sich gut verkaufen. Aber mich führt er nicht hinters Licht", schwor sie sich. „Ich möchte auf keinen Luxus verzichten. Wenn das also der Preis ist … na schön. Aber auch zu meinen Bedingungen."

Irgendwann war sie nachts auf dem Sofa eingeschlafen.

Nach einem ausgedehnten Frühstück mit French Toast und Ahornsirup beschloss sie, sich auf den Heimweg zu machen.

Sie drückte ihre Zigarette in dem Rührei aus, das sie nicht ganz aufgegessen hatte, und ging zu ihrem Wagen. Ihr Mann würde wahrscheinlich gar nicht registrieren, dass sie wieder da war. Geschweige denn, dass sie zwischenzeitig verschwunden gewesen war.

Ja, es stimmte schon … Sie hatte ihn auch aus Berechnung geheiratet. Sie fand ihn interessant. Aber lieben … lieben tat sie ihn nicht. Sie wollte eine gute Partie machen und sie hatte die beste bekommen. Aber trotzdem wollte sie nicht gleich als frischgebackene Ehefrau betrogen werden. Das war doch eine Frechheit. Aber sie hatte keinen Kummer aus Liebe – es war gekränkte Eitelkeit; sie wusste das.

Als die Frau im Morgenmantel das Zimmer zurechtmachen wollte, entdeckte sie ein leeres, teuer aussehendes Fotoalbum, das neben der leeren Sektflasche unter dem Tisch lag. Sie entdeckte die nicht ganz verbrannten Fotofragmente in dem Sektkühler. Sie kippte die Überreste der Fotos auf den Tisch und besah sie sich genauer.

„Oh, mein Gott“, flüsterte sie fassungslos.

Eine Reise nach Irland 1963

Unterwegs Ende Juni

Es war nicht nur eine reine Geschäftsreise, die J. nach Irland unternahm. Er wollte unbedingt noch mal in das Land seiner Vorfahren. Abends traf er sich privat mit einigen seiner Verwandten. Es war, als würde er nach Hause kommen. Leider würde er nur ein paar Tage zur Verfügung haben. Am liebsten wäre er für immer geblieben. Weit weg von Amerika, von unaufschiebbaren Entscheidungen, von privaten Problemen. Er wurde von Tag zu Tag irischer, so kam es ihm selbst vor. Dieses Land musste man einfach lieben. Diese raue Ursprünglichkeit. Er war schon immer gern in der Natur gewesen. Nirgends konnte man so entspannen und alles um sich herum vergessen. Einfach loslassen.

An diesem Tag wollte er einen Spaziergang die Küste entlang unternehmen. Es war ein herrlicher Tag. Die Sonne glitzerte wie tausende Diamanten auf dem Wasser. Alles war ruhig. Aus der Ferne hörte er nur das Schreien einiger Möwen, die über dem Meer flogen und immer wieder zur Meeresoberfläche hinunterstießen.

Er hatte schon immer eine besondere Beziehung zum Meer gehabt. Sogar wenn es wild und tosend war, ging er an den Strand. Gerade dann. Schon als Kind hatten ihn seine Eltern kaum ins Haus bekommen bei Unwetter. Einmal konnte ihn sein Vater gerade noch daran hindern, mit seiner kleinen Jolle aufs Meer hinauszusegeln.

Nun saß er am Strand. In einer völlig anderen Welt. Nichts war von Bedeutung. Er wollte nicht mehr wie ein gehetztes Tier durch sein Leben rasen.

Er ließ den feinen Sand durch seine Finger rieseln. Es waren schöne, schlanke Finger.

Morgens hatte ihm sein Arzt eine Spritze gegeben. Mittlerweile war er sozusagen sein Leibarzt. Ohne Spritzen ging es gar nicht mehr. Bis zu dreimal am Tag. Sein Arzt hatte seine Praxis in Boston für ihn verlassen, um ihm die Zeit, die ihm noch blieb, so schmerzfrei wie möglich zu gestalten.

Nachdem er den Strand verlassen hatte, war er in einer seltsamen, melancholischen Stimmung. Er hatte das Bedürfnis, mit jemandem zu reden. Sich jemandem anzuvertrauen. Zu Hause hatte er Bob. Aber der war ja nicht gerade objektiv.

Er war schon länger nicht mehr zur Beichte gegangen, obwohl seine Familie sehr viel Wert darauf legte. Sie gingen jeden Sonntag in den Gottesdienst. Und als Beichte konnte man das nun wirklich nicht bezeichnen, was er von sich preisgab, wenn er denn mal zur Beichte ging.

Auf dem Rückweg zu seinem Hotel kam er an einer kleinen Kirche vorbei. War es Zufall oder Vorsehung? Weder das eine noch das andere. Er hatte sich vorgenommen, einen kleinen Umweg auf dem Rückweg zu machen. Es war Absicht, dass er nun vor der Kirche stand.

Er schaute an ihr empor und trat ein. Er wusste, welcher Pfarrer ihn während seiner Beichte begleiten würde.

Er ging auf den Beichtstuhl zu, trat ein und kniete sich. Lange würde er es mit seinen Rückenschmerzen kniend nicht aushalten.

„Pater, ich möchte beichten“, begann er. „Ich habe lange überlegt, ob ich das überhaupt einem Geistlichen anvertrauen kann. Aber ich werde bald sterben und ich muss mit jemandem reden.“

„Es wird alles gut, mein Sohn“, entgegnete der Geistliche. „Gott steht dir bei.“ Der Priester auf der anderen Seite hatte allerdings keine Ahnung, wer sich ihm anvertrauen wollte.

„Ich bin verheiratet. Was das bedeutet, war mir lange nicht im Geringsten klar. Meine Frau ist anders als alle anderen. Zuerst war es nur Freundschaft und Interesse. Ich hätte nicht für möglich gehalten, dass mich je eine Frau so faszinieren könnte."

Er räusperte sich.

„Ich war es gewohnt, mit Frauen zu spielen. Ich nahm sie nicht ernst. Erst machte ich Jagd auf Mädchen, als ich jung war. Später war es ein leichtes Spiel. Ich brauchte nur mit den Fingern zu schnipsen. Das ermüdete mich mehr und mehr. Es war nichts Ernstes. Nie. Nichts Bleibendes. Eine kurze Belustigung hier und da."

Ein nervöses Hüsteln entfuhr ihm.

„Ich fühlte mich meiner Frau immer unterlegen. Sie ist so gebildet, so kultiviert, sie spricht mehrere Sprachen. Sie kennt sich mit Kultur, Kunst und Literatur aus wie niemand, den ich kenne. Für mich stand sie immer über den Dingen. Sie ist unantastbar. Und unfassbarerweise hat sie sich für mich entschieden. Sie hat mir nie Vorwürfe gemacht. Sie ist immer noch da, trotz allem. Und …", es entstand eine kurze Pause. J. seufzte, bevor er fortfuhr. „Was habe ich gemacht? Ich habe sie betrogen. Unzählige Male. Ich war auf der Flucht. Wie ein gehetztes Tier. Vor meiner Familie, vor meinem Vater, meiner Bestimmung. Ich lebe zwei Leben. Es gibt eine helle Seite, die der Öffentlichkeit präsentiert wird, und eine dunkle Seite. Mit falschen Freunden, in Bars, in fremden Armen. Mit zu vielen Drinks. Ich bin eine armselige, getriebene Kreatur. Schon oft hatte ich das Bedürfnis, alles zu beenden. Und da war immer wieder meine Lichtgestalt. Jay. Das wurde mir irgendwann bewusst. Ich will sie nicht mehr enttäuschen. Nie wieder …"

Schritte verhallten auf dem steinernen Kirchenboden.

„Pater?", kam fragend aus dem Beichtstuhl. „Pater?" Er stand auf und schaute vorsichtig auf die andere Seite des Beichtstuhls. Er war leer.

J. verließ die Kirche.

Er suchte im Hotel seinen Arzt auf, um sich erneut eine Spritze geben zu lassen.

Der Pater saß am Strand, starrte auf das Meer und hörte in der Ferne den Schrei der Möwen. Sand rieselte durch seine schönen, schlanken Hände. Es waren fast die gleichen Hände, die vor wenigen Stunden nicht weit von dieser Stelle am selben Strand das Gleiche getan hatten.

Manche Familienmerkmale kann man nicht verstecken. Sie vererben sich von Generation zu Generation.

Diese Hände gehörten Patrick. Er war Pastor in dieser Gemeinde. Er hatte seinen Namen von einem Urgroßonkel, der vor über hundert Jahren nach Amerika ausgewandert war.

Wie sollte er nur seinem Cousin heute Abend beim Familientreffen gegenübertreten.

Er unternahm einen Spaziergang ein Stück die Küste entlang. Damit er sich wieder so weit fassen konnte, um heute Abend an dem Familienessen teilzunehmen.

Das Meer beruhigte seine Nerven. Mehr, als jedes Gebet es je gekonnt hätte in diesem Moment.

Eine Reise nach Irland 1963

Abends am selben Tag

„Wie konnte er das nur? Wie konnte er?“, fragte sich Patrick noch mehrmals an diesem Tag, nachdem er an seinem Platz am Meer gebetet hatte. Kniend im Sand, mit dem Rosenkranz in seinen Händen. Mit Blick auf sein geliebtes Meer. Wie war dieser amerikanische Mistkerl nur auf die Idee gekommen, ihn bei der Beichte so zu überfallen! Ohne sich vorher zu erkennen gegeben zu haben? Oh Gott.

Patrick wusste in diesem Moment nicht, ob er für J. oder für sich selbst zu Gott sprechen sollte.

Wie konnte man nur in so eine Situation kommen? Er hatte Gedanken, von denen er selbst schockiert war. Wie sollte er J. heute Abend nur begegnen? Wie würde er reagieren? Und er selbst? Er wusste es nicht.

Patrick schaute gedankenverloren in die Ferne.

Abends bei der Familienzusammenkunft wich Patrick ihm die ganze Zeit aus. Erst als J. kurz auf die Terrasse des Hotels ging, um im Schutz der Dunkelheit eine Tablette zu schlucken und um in der klaren Abendluft eine Zigarette zu rauchen, trat Patrick neben ihn. Er schaute J. missbilligend von der Seite an.

„Schau mich bitte nicht so vorwurfsvoll von der Seite an. Oh Gott, Patrick. Du hast erschreckende Ähnlichkeit mit Opa P. J., wenn er wütend auf seine Frau war, wenn diese ihm seine Zigarren und den Whisky mal wieder versteckt hatte.“

Mit seinem entwaffnenden Charme hatte es J. mal wieder mit einem Satz geschafft, das Eis zu brechen. Patrick musste unwillkürlich lächeln. Er konnte nie jemandem lange böse sein.

„Falls du noch mal Gottes Beistand in Anspruch nehmen möchtest, findest du mich morgen ab elf Uhr dort, wo du mich heute auch geschockt hast, John."

„Wie viel Zeit kannst du für mich erübrigen?", wollte J. augenzwinkernd wissen. „Es wird eine lange Sitzung."

„Ich hänge ein Schild an die Tür."

„Was für ein Schild?", fragte J. etwas perplex.

„Privataudienz."

„Patrick!", lachte J. mit gespielter Entrüstung.

Sie waren sich sofort sympathisch. Als würden sie sich schon ewig kennen. J. spürte, dass er Patrick bedingungslos vertrauen konnte. Auch wenn er kein Geistlicher gewesen wäre.

„Danke für das Angebot. Ich werde darauf zurückkommen", sagte J. jetzt ernst. „Wem hätte ich mich denn sonst anvertrauen sollen? Du bist Geistlicher, ein Familienmitglied und weit weg von Amerika. Einfach eine geniale, vorteilhafte Konstellation, oder nicht?", stellte J. fest. „Du hast den nötigen, gesunden Abstand. Ich habe gedacht, wenn ich mich sofort zu erkennen gebe, würdest du es ablehnen, mir die Beichte abzunehmen. Tut mir leid."

„Das würde ich niemals tun. Komm morgen zu mir. Ich werde mir den ganzen Tag für dich freihalten. Wir werden segeln gehen, denke ich. Auf dem Meer fühlt man sich Gott näher."

Als J. abends allein in seinem Hotelzimmer war, setzte er sich in einen gemütlichen Sessel, was eine Wohltat für seinen schmerzenden Rücken war. Er zündete sich eine Zigarre an und schenkte sich ein Glas irischen Whisky ein. Er ließ die letzten Tage noch mal Revue passieren.

J. konnte sich ohne Weiteres vorstellen, irgendwann Amerika den Rücken zu kehren. Er würde in Irland ein Landgut kaufen und mit den Kindern und Jay dort leben. Mit Pferden und Hunden. Die Natur genießen.

Er hatte immer Journalist werden wollen. Auf seinem Landgut würde er Pfeife rauchend endlich Bücher schreiben. Viele Bücher lesen, Tee trinken, Scones essen und abends den Tag mit einem guten irischen Whisky ausklingen lassen. Jay könnte den ganzen Tag mit ihren geliebten Pferden verbringen. Reiten, schwimmen und segeln. Eine herrliche Vorstellung.

Endlich ein normales Leben, ruhig und fernab von allem.

Doch dazu würde es nicht mehr kommen, rief er sich schmerzlich in sein Gedächtnis.

Jeder hatte Träume. Sogar J. Was sich wohl niemand vorstellen konnte. Er musste immer funktionieren, auch wenn es ihm furchtbar ging. Seine Lebensplanung hatte er nicht selbst gestaltet. Er hatte immer Erwartungen erfüllt. Vor allem die Vorstellungen seines Vaters. Er hatte niemals wirklich sein Leben bestimmt.

Aber jetzt würde er seinen Tod bestimmen.

Irgendwie versetzte ihn dieser Gedanke sogar in Hochstimmung.

Er freute sich auf den nächsten Tag. Mit Patrick. Er war ein besonderer Mensch. J. hatte einen Freund und Verbündeten gefunden. Am anderen Ende der Welt.

Nachdem er noch ein sehr heißes Bad genommen hatte, schlang er sich ein großes Handtuch um die Hüften und legte sich auf sein Bett in seiner Hotelsuite. Er griff zum Hörer und wählte eine Nummer in Chicago …

Ein Segeltörn Anfang Juli 1963

Mit der Familie allein

Dieses Wochenende wollten sie allein verbringen. Ohne Familie, Freunde, Angestellte und ohne Kindermädchen. Nur der Arzt würde abends noch mal nach J. sehen und am nächsten Morgen.

So hatten sie es vereinbart.

J. plante einen Segeltörn bis Martha's Vineyard. Das wäre weit genug für die Kinder und für Jay. Langsam wurde sie doch sehr behäbig und man merkte ihr an, dass sie sich in ihrem letzten Drittel der Schwangerschaft befand. Die Nacht würden sie in einer kleinen Frühstückspension verbringen, in der J. sich früher schon oft mit Jay übers Wochenende einquartiert hatte. Es war dort sehr komfortabel, klein und intim. Jay würde sich mit Caroline ein Zimmer teilen und der kleine John schlief die Nacht bei seinem Vater. Die Zimmer hatten eine Verbindungstür. Er hatte alles arrangiert, ohne Jay allzu viel vorher zu verraten.

J. freute sich so sehr auf seine Kinder.

Ihre Köchin hatte ihnen zwei riesige Picknickkörbe zurechtgemacht. Das Beste war ein großer Apfelkuchen, bei dem die Kinder tatkräftig geholfen hatten, bevor sie die Küche verwüsteten.

Sie brachen früh auf. Direkt nach einem guten, ausgedehnten Frühstück.

Die Kinder bekamen ihre orangefarbenen Schwimmwesten an, an denen jeweils eine Pfeife befestigt war. Sie rannten auf dem Bootssteg herum und pusteten fortwährend hinein. J. freute sich sichtlich über seine lebhaften Kinder.

Sie hatten alle ihre praktischen Segelsachen an. Weiße Hosen, Segeltuchturnschuhe und blaue Sweatshirts. Der kleine, grau-schwarze Cockerspaniel der Kinder durfte auch mit. Cooper bellte wie verrückt und sprang immer wieder an ihnen hoch.

„Daddy, haben wir auch etwas für Cooper zu essen dabei?“, wollte J.s Tochter wissen.

„Oh ja, Hundekekse und richtiges Hundefutter. Davon wird ihm bestimmt nicht schlecht. Jetzt neulich habt ihr ihm so viel von eurem Essen abgegeben, dass er hinterher alles wieder rausgewürgt hat. Mitten auf Omas guten Teppich im Wohnzimmer, wisst ihr das noch?“

„Oh ja“, lachte Jay. „Sie hat keine Miene verzogen und getan, als wäre es das Normalste von der Welt.“

„Was für eine Sauerei! Die arme Mrs. Miller. Die musste den Teppich sauber machen“, grinste J. belustigt. „Also Kinder, Mrs. Miller haben wir zum Saubermachen nicht mit an Bord. Seht zu, dass sich unser kleiner Kerl da nicht wieder überfrisst. Alles klar!“

J. schnappte sich Cooper und ging an Bord.

Sie hatten wirklich Glück mit dem Wetter. Die Sonne schien und der Wind wehte nicht so stark.

„Genau richtig“, befand J. Er freute sich so sehr auf dieses Wochenende. Caroline kuschelte sich an ihn und er lenkte das Boot auf das offene Meer hinaus.

John saß auf Jays Schoß und schaute nach den Möwen. Cooper schlief unter dem Tisch in der Kajüte. Sie genossen die Ruhe, das Meer und das schöne Wetter. Am Horizont segelte ein großes, älteres Holzschiff mit vollen Segeln, welches einen imposanten Anblick bot.

An der Küste kam ein Leuchtturm in Sicht, der den Kindern besonders gut gefiel. Sie stellten jede Menge Fragen und gaben erst Ruhe, als alle zufriedenstellend von J. oder Jay beantwortet worden waren.

„So, jetzt habt ihr uns aber genug gelöchert, wie wäre es mit dem Mittagessen“, stellte Jay fest. „Ich habe so entsetzlichen Hunger. Mal sehen, was uns Bridget alles Gutes eingepackt hat.“ Sie fing an, den Picknickkorb auszupacken. „Wer möchte was zu essen?“

„Wir“, riefen J. und die Kinder laut. Sogar Cooper fing an zu bellen.

Alle fielen über die Schüsseln und Päckchen her, die sich in dem Picknickkorb befunden hatten. Die Kinder waren ganz wild auf die kleinen, gebratenen Hackfleischbällchen mit Ketchup. Jay und J. aßen Sandwiches mit Räucherlachs und Salat mit einer, wie sie sich gegenseitig versicherten, „sensationellen“, selbst gemachten Remouladensoße darauf.

„Bridget weiß, was schmeckt. Wow!“, schwärmte J.

„Sie ist eine Perle, J.“, stellte Jay fest. „Sie arbeitet hart und muss einiges mit uns mitmachen. So eine große Familie, Freunde, Gäste und die Empfänge. Wir dürfen sie auf keinen Fall entwischen lassen. Wie wäre es mit einer Erhöhung ihres Gehaltes, J.?“

„Ja, ich glaube, das ist schon lange überfällig. Du hast recht“, bekam Jay zur Antwort. „Aber sie scheint uns schon etwas zu mögen, sonst würde sie sich nicht immer wieder so anstrengen“, grinste J. „Meinst du nicht?“

Jay lachte ausgelassen. „Die wickelst du auch um den Finger … Sonst hätte sie schon längst gekündigt.“

„Die Jüngste ist sie ja nun auch nicht mehr, aber kochen kann sie wirklich.“

Nachmittags legten sie irgendwo am Strand an, breiteten eine große Picknickdecke zwischen den Dünen aus und verspeisten den Apfelkuchen von Bridget, bei dem die Kinder geholfen hatten.

„Ich habe den Guss oben drauf gemacht“, sagte Caroline stolz. „Und ich habe die Nüsse in den Teig gerührt und die Rosinen“, strahlte sie.

„Hast du auch geholfen, John?“, wollte J. wissen.

„Ja“, antwortete er begeistert.

„Da könnt ihr besser backen als eure Mama“, sagte J. amüsiert und zwinkerte Jay von der Seite zu.

„Was soll denn das heißen? Ich habe dir früher immer das Essen ins Büro gebracht. Mein Käsekuchen war legendär. Es hat dir immer geschmeckt“, stellte Jay mit gespielter Entrüstung fest.

„Ja, da war es ja auch noch akzeptabel. Aber ab dem französischen Kochkurs ging es steil bergab“, lachte J. und hielt wohl wissend seine Arme vor sich, um die Attacke Jays abzuwehren.

Jay warf ihm ein Handtuch entgegen. Dann musste auch sie lachen.

Ein Wochenende Anfang Juli 1963

Abends auf Martha's Vineyard

Als sie am frühen Abend auf Martha's Vineyard ankamen, waren die Kinder schon sehr müde. Es war ein aufregender Tag für sie gewesen: Nachdem sie nachmittags den Kuchen gegessen hatten, waren sie noch im Wasser baden gewesen und hatten mit J. eine Sandburg gebaut, die Cooper wieder zerstört hatte. Sie waren Muschelnsammeln gewesen, hatten Seesterne gesehen und Krebse beobachtet. Die frische Luft den ganzen Tag hatte ihr Übriges getan.

Eigentlich hatte J. einen Tisch in einem kleinen Restaurant bestellt, aber dazu waren die Kinder nicht mehr in der Lage. Ein Abendessen im Restaurant würden sie nicht mehr durchstehen.

Während Jay und die Kinder sich mit Cooper auf den Weg zu ihrer Pension begaben, ging J. bei dem Restaurant vorbei, um die Reservierung abzubestellen. Er suchte aus der Speisekarte einige Sachen aus und fragte, ob es möglich wäre, das Essen anliefern zu lassen. Natürlich stellte es kein Problem dar, die bestellten Speisen anliefern zu lassen.

Sie saßen in der Pension auf dem großen Sofa im Foyer, als das Essen angeliefert wurde.

„Sie können dort sitzen bleiben. Da ist es sehr bequem und gemütlich. Alles kein Problem", sagte Mr. Kelly, der Pensionsbesitzer, hilfsbereit.

Die Kinder hatten nicht mehr viel Hunger. John knabberte an einem Stück Baguette. Und Caroline wollte nur etwas von dem Nachtisch. Obstsalat mit Schlagsahne. John kuschelte sich zwischen seine Eltern und war kurze Zeit später eingeschlafen.

„Ich will ins Bett", murmelte Caroline vor sich hin.

„Cooper braucht auch noch sein Fressen." J. erhob sich und ging zur Rezeption. „Mr. Kelly, haben Sie eine Schüssel für unseren Hund?"

„Aber selbstverständlich. Haben Sie Hundefutter dabei, Sir?"

„Ja, oben im Zimmer", erwiderte J.

„Sir, soll ich Ihnen meine Frau rufen? Ich trage Ihnen den Jungen hoch und meine Frau liest Caroline noch etwas vor. Sie sind doch bestimmt froh, wenn Sie mal mit Ihrer Frau allein sind, Sir."

„Ich danke Ihnen. Das ist sehr zuvorkommend", sagte J. sichtlich dankbar.

„Soll ich Ihnen schon mal das Wasser einlaufen lassen? Schön heiß, wie früher?", fragte Mr. Kelly.

„Das wäre wunderbar, danke", sagte J. und ging zurück an den Tisch.

„Mrs. Kelly kümmert sich um die zwei. Ist das nicht nett? Und wir können noch dieses Abendessen genießen. Herrlich, oder?", stellte J. fest und setzte sich neben Jay und gab ihr einen flüchtigen Kuss.

„Du musst unbedingt von dem gedünsteten Fisch probieren", schwärmte sie und hielt ihm ihre Gabel entgegen.

Nachdem sie ihr Abendessen beendet hatten, ging Jay zuerst, um nach den Kindern zu sehen.

Währenddessen bekam J. von seinem Arzt die abendliche Spritze und ging anschließend ins Bad. Sein Arzt wusste immer, wo er sich aufhielt, und blieb diskret im Hintergrund.

„Vielen Dank, Mrs. Kelly. Ist sie gleich eingeschlafen?“, wollte Jay wissen.

„Ja, sie hat die Geschichte, die ich ihr vorgelesen habe, nicht mehr ganz geschafft. Und Ihr Sohn ist gar nicht mehr wach geworden, als ihn mein Mann hoch in Ihr Zimmer getragen hat. Er hat einfach weitergeschlafen. War ein anstrengender Tag für die zwei“, stellte Mrs. Kelly fest.

„Für die drei“, schmunzelte Jay und schaute auf Cooper, der am Fußende des Bettes lag und auch schlief. „Danke, Mrs. Kelly, bis morgen.“

„Bis morgen früh“, verabschiedete sie sich.

Jay klopfte an der Badezimmertür. „Darf ich hereinkommen?“, rief sie J. zu.

„Ja, natürlich. Warum klopfst du denn an?“, fragte J. etwas verwundert. Jay trat ein und setzte sich auf den Badewannenrand.

Sie unterhielten sich eine Weile über den Tag. Was sie alles erlebt hatten und wie schön es gewesen war! Jay war glücklich, das merkte man ihr an. Darüber freute sich J.

„Ich glaube, ich gehe schon mal ins Bett“, sagte sie, gab ihm einen Kuss und erhob sich etwas schwerfällig. „Danke für den schönen Tag.“

Als J. aus dem Bad kam, war Jay bereits eingeschlafen. Er legte das Handtuch zur Seite und hüllte sich in seinen bequemen Bademantel. J. suchte nach seinem Koffer, in dem er ein paar Abschriften mitgenommen hatte. Er wolle seine Rede für Montag noch mal überarbeiten. Er legte sich neben Jay auf das Bett. Auf seiner Seite war die Nachttischbeleuchtung noch an. Seine Brille und ein Buch hatte Jay ihm bereits hingelegt.

Nach einer Weile wurde Jay wach.

„Du arbeitest ja noch“, murmelte sie im Halbschlaf.

J. legte ihr seine Hand auf ihre Hüfte, ohne von seinem Manuskript aufzuschauen.

„Schlaf weiter, Jay“, sagte er.

Sie drehte sich zu ihm um und gab ihm einen Kuss, bevor sie wieder einschlief. Nach kürzester Zeit fing sie furchtbar an zu schnarchen.

„Meine Güte. Jedes Mal, wenn sie schwanger ist, fängt sie an zu schnarchen. Das hält ja niemand aus“, murmelte J. vor sich hin, bevor er sich Ohrenstöpsel in seine Ohren hineinsteckte. Er schüttelte den Kopf und lächelte.

Er schrieb noch eine ganze Weile an seiner Rede. Irgendwann mitten in der Nacht stand John vor seinem Bett.

„Wo ist Mami?“, wollte er wissen.

„Die schläft“, antwortete J.

„Und Cooper?“

„Hier“, deutete J. unter sein Bett. „Ich wollte sowieso bei dir schlafen John, hatte ich dir versprochen“, stellte J. fest. „Schläft deine Schwester?“ John sagte nichts. Er nickte nur und rieb sich die Augen. „Ich komme mit“, sagte J. und nahm John an der Hand und ging mit ihm nach nebenan.

Als Jay am nächsten Morgen früh erwachte, schreckte sie auf, weil J. nicht neben ihr lag. Sie ging nach nebenan, wo die Kinder schliefen.

In dem großen Doppelbett lagen John und Caroline. In der Mitte lag J., hatte John im Arm und Cooper lag quer über seinen Beinen. Alle schliefen.

An diesen Augenblick würde sie sich bis an ihr Lebensende zurückerinnern, da war sie sich sicher.

„Oh J., du wirst nachher furchtbare Rückenschmerzen haben“, schmunzelte Jay, bevor sie duschen ging.

Eine Fahrt Mitte Juli 1963

Mit Charly unterwegs

Das Telefon klingelte bei Charlys Eltern. Sie waren nicht da. Charly ging selbst zum Telefon. „Ja, bitte?“, sagte er, als er den Hörer abnahm.

„Charly? Ich brauche deine Fahrkünste“. Es war J.

„Wann, Sir?“, wollte Charly wissen. Er freute sich. Als er J. das letzte Mal gefahren hatte, drückte dieser ihm abends fünfzig Dollar in die Hand. Das Geld konnte er gut gebrauchen. Er sparte für sein Studium.

„Samstagmorgen. Fünf Uhr. Hol mich zu Hause ab.“

„Ich werde pünktlich sein, Sir.“

„Wir sehen uns also Samstag.“ Der Hörer wurde aufgelegt. Charly fragte sich, wo er J. diesmal hinfahren sollte.

Am nächsten Wochenende fuhr Charly pünktlich um fünf Uhr morgens in die Einfahrt ein. Er lenkte den Wagen, den sein Vater für Dienstfahrten benutzte. J. kam über den Rasen auf ihn zu geschlendert. Seine Morgendosis Tabletten und eine Spritze hatte er schon verabreicht bekommen.

J. drückte Charly einen Autoschlüssel in die Hand. „Guten Morgen, Charly. Wir nehmen den Sportwagen“, sagte J. Er war leger gekleidet. Poloshirt, helle Baumwollhose und Wildlederslipper in dunkelbraun.

‚Wow, lässig‘, dachte Charly in diesem Moment.

J. war immer darauf bedacht gewesen, gut auszusehen und anderen zu gefallen, vor allem in den letzten Jahren. Jedoch war er früher nicht so selbstsicher gewesen. Und eher liederlich gekleidet. Mittlerweile war er sich seiner Wirkung bewusst. J. brauchte einmal mehr frische Luft zum Durchatmen. Es war alles etwas viel gewesen in den letzten Wochen. Andere würden mit ihrem Schicksal hadern und verzweifeln. Dieser Typ war J. nicht. Er nahm sein Schicksal an und versuchte das Beste aus jedem Tag rauszuholen. Er wollte sein Leben genießen, bis zum letzten Tag. Bis zum letzten Atemzug.

Sie fuhren an diesem Tag nach Boston. Er ließ sich von Charly zu verschiedenen Plätzen chauffieren. Es war ein wunderbarer Sommertag.

J. holte sich ein Softeis und setzte sich auf eine Bank mitten in einen Park. Er beobachtete die Leute, die vorübergingen. Dort war ein junger Mann, der seinen Hund spazieren führte. Man konnte eigentlich nicht genau sagen, wer mit wem spazieren ging, stellte J. amüsiert fest.

Ein Stück weiter kam eine Mutter mit ihren Kindern durch den Park gelaufen. Sie schob einen Kinderwagen und zog ihren kleinen Sohn hinter sich her, welcher jämmerlich weinte. Sie schien es eilig zu haben.

In diesem Park in Boston war er als Kind oft mit seinen Großeltern gewesen. Hier hatte sich nichts verändert. Sie hatten gepicknickt, Eis gegessen oder Federball gespielt. Er und seine Geschwister.

Hier war er mit dem Cockerspaniel seiner Großeltern spazieren gegangen, der furchtbar an der Leine zog. Er hatte mit seinem Großvater dort hinten am Teich gesessen und die Enten und Schwäne gefüttert. Ein Schwan war so zudringlich geworden, dass er J.s Großvater in den Fuß biss, als er nichts mehr zu fressen bekam.

J. erfreute sich an den Begebenheiten, die ihm aus seiner Kindheit in den Sinn kamen.

Nachdem er den Vormittag im Park verbracht hatte, ging er zur Stadtbibliothek. Dort wollte er sich mit Charly treffen. Charly wartete bereits auf ihn.

„Wollen wir zusammen hineingehen?", fragte J. ihn. „Du interessierst dich doch hoffentlich für Bücher!"

„Oh ja, natürlich, Sir. Natürlich. Ich begleite Sie gern, wenn ich darf", gab ihm Charly zur Antwort und man merkte ihm an, dass er sich sichtlich freute.

„Weißt du … Bücher sind das Beste, was man für Geld kaufen kann. Ein gutes Buch ist wie ein guter Freund", schwärmte J. „Ein gutes Buch kann einen lehren, trösten, zum Lachen bringen. Mit einem guten Buch in der Hand ist es niemals langweilig. Man fühlt sich nicht einsam und Lesen erweitert den Horizont."

Charly hatte noch nie so viele Bücher in einem Raum gesehen. Er war beeindruckt. Er wusste nicht, was er sagen sollte. Gebannt starrte er auf die vielen Reihen von Bücherregalen.

„Ich bin schon früher gerne hierhergekommen". J. flüsterte, da er die anderen Anwesenden nicht stören wollte.

Sie setzten sich in zwei alte, zerschlissene Ledersessel an ein großes Fenster, schwiegen und ließen die Atmosphäre auf sich wirken.

Die vielen Bücher, die J. im Laufe seines Lebens gelesen hatte … Er erinnerte sich an jedes einzelne. Er war oft krank gewesen, und zwar so schlimm, dass er im Bett verharren musste … Da waren die Bücher geradezu ein Segen für ihn gewesen.

„Charly, lass uns aufbrechen", sagte J. nach einer Weile. „Bevor wir nach Harvard fahren, schauen wir noch bei meinem alten Buchladen vorbei."

Der Buchladen befand sich in einem alten, roten Backsteinbau. Er ging über zwei Etagen. Der Laden lag direkt in der Innenstadt von Boston. Wenn J. Bücher brauchte, erstand er sie meistens hier. Selbst jetzt noch.

„Charly, komm mal her", sagte J., schaute zu Charly und winkte ihn zu sich heran.

„Ja, Sir?", fragte Charly ihn.

„Du suchst dir jetzt alle Bücher aus, die du für dein Studium brauchst und die dir gefallen. Ich bezahle."

Charly schaute J. ungläubig an.

„Meinen Sie das wirklich ernst, Sir?", fragte er schüchtern.

„Aber ja", antwortete J.

Charly konnte sein Glück gar nicht fassen.

„Wie viele darf ich mir denn aussuchen?", fragte Charly. „Fünf oder zehn vielleicht ?"

„Ein paar mehr dürfen es schon sein", entgegnete J. amüsiert. Er setzte sich in der Zwischenzeit in einen Sessel und überflog die Bostoner Tageszeitung.

Nach einer Weile starrte J. den armseligen Stapel Bücher an, den Charly auf einen Tisch in der Nähe der Kasse gelegt hatte.

J. kannte hier alle Verkäufer bei ihren Vornamen. „Phyllis, kommen Sie mal zu mir, bitte", rief J. eine Buchverkäuferin zu sich. „Gehen Sie unserem jungen Freund etwas zur Hand. Er benötigt kompetente Unterstützung, wie mir scheint. Ich verlasse mich auf Sie … Die Rechnung schicken Sie an mein Büro. Wie immer, ja?"

„Wie viel Budget hat der junge Gentleman zur Verfügung?", wollte Phyllis wissen. J. trat neben sie und flüsterte ihr etwas ins Ohr. „Wenn Sie es so wünschen, Sir", entgegnete Phyllis und machte sich auf den Weg in den ersten Stock, wo die Klassiker standen.

Am Ende des Nachmittags war Charly stolzer Besitzer von nahezu dreihundertvierzig Büchern.

„Das dürfte fürs Erste reichen", entgegnete J. trocken. „Dann lad mal alles ein, Charly." Er wandte sich nochmals an die Verkäuferin. „Sie haben ihm sehr weitergeholfen Phyllis, danke. Wir sehen uns."

Es dauerte eine Weile, bis Charly alle Bücher im Kofferraum verstaut hatte. Einige musste er noch auf die Rückbank des Sportwagens legen.

„Nach Harvard fahren wir morgen Vormittag, Charly. Was hältst du von einem Käsesandwich und einer Coke? Und ich hätte gern einen halben Liter Milch“, sprach J. und fuhr sich durch seine Haare.

J. verbrachte den Abend in seiner Bostoner Wohnung. Er telefonierte mit Patrick und mit Bob. Dann genoss er ein wohltuendes, sehr heißes Bad und legte sich mit einem guten Buch ins Bett.

Eine Nacht Mitte Juli 1963

Nachts in Harvard

J. wachte sehr früh auf. Nachts um drei Uhr konnte er nicht mehr schlafen. Er beschloss aufzustehen. Nachdem er seine Tabletten genommen hatte, packte er ein paar Sportsachen zusammen und verließ seine Wohnung.

Er setzte sich in seinen Sportwagen und fuhr durch das nächtliche Boston. Der Fahrtwind wehte durch sein Haar. Er genoss die nächtliche Ruhe.

Er liebte Boston. Sicher – New York war groß und aufregend und in Washington begegnete man auf Schritt und Tritt der amerikanischen Geschichte. Washingtons Zentrum war etwas ganz Besonderes. Aber am meisten fühlte sich J. in Boston zu Hause, wenn er nicht am Meer sein konnte.

Er hatte nach und nach alle Staaten kennengelernt. Alle hatte er bereist von Nord nach Süd und von Ost nach West. Er kannte sich aus und niemand konnte ihm wirklich etwas vormachen.

Aber in Massachusetts war es anders. So besonders. Er war froh, dass die Familie noch immer eine Wohnung in Boston unterhielt. Sie war sein Fluchtpunkt, wenn er mal wirklich allein sein wollte, um nachzudenken oder um zur Ruhe zu kommen.

Noch nicht mal während seiner wilden Zeiten, mit vielen Frauen, hatte er jemals eine mit in diese Wohnung genommen. Nur Jay nahm er alle paar Monate hin und wieder mal mit, wenn es sich nicht vermeiden ließ. Mehr als zwei- bis dreimal im Jahr kam das aber nicht vor.

Die Wohnung war seit Jahrzehnten so eingerichtet. Er hatte nie was umgestaltet.

Charly würde er erst mittags wieder treffen, um mit ihm nach Hause zu fahren. Dieser hatte sich bei seiner Oma einquartiert, die sichtlich überrascht war über die vielen Bücher. Und vor allem, mit wem Charly unterwegs war.

J. fuhr nach Harvard. Dort hatte sich in all der Zeit nichts verändert. Erstaunlich.

Nachts um vier Uhr betrat er durch den Hintereingang die Schwimmhalle. Er fand sofort den Schalter für die Notbeleuchtung. Er schlenderte durch die Halle Richtung Umkleidekabinen. Wie früher. Seine Sporttasche hatte er lässig über seine Schulter geworfen. Er duschte erst eiskalt, bevor er einen Kopfsprung ins Becken machte.

Herrlich.

Schwimmen war das Beste für seinen Rücken. Wenn er es ermöglichen konnte, schwamm er jeden Tag. Wenn er das nicht schaffte, lag er zumindest in einer heißen Badewanne.

In dieser Nacht war er wieder jung. Er war dreiundzwanzig und er schwamm. Mit seinen ganzen Erinnerungen. Gegen die Zeit.

Nach dem Schwimmen war er erschöpft, aber glücklich. Nachdem er sich wieder angezogen hatte, spazierte er im Morgengrauen über den Campus.

Er wusste, dass er sich verabschiedete. Ganz bewusst. Er würde nie wieder hierher zurückkehren.

Auf dem Rückweg zu seiner Wohnung fuhr er bei einem Diner vorbei, um zu frühstücken. Hier hatte es früher das beste Sandwich gegeben, das man bekommen konnte. So hungrig war er schon lange nicht mehr gewesen. Er bestellte Pancakes mit Ahornsirup und Käsesandwich. Und einen halben Liter Milch.

Jedes Mal, wenn die Bedienung an seinem Tisch vorbeikam, starrte sie ihn an. Aber sie sagte kein Wort. Nicht ein einziges Wort brachte sie heraus. Sie tuschelte mit ihrer Kollegin immer wieder hinter der Theke.

„Nellie. Wie du ihn anstarrst …, das ist ja schon peinlich", stellte ihre Kollegin fest. „Nellie Johnson, hast du mich verstanden? Hör' sofort auf, ihn so anzuglotzen!", zischte sie leise – in der Hoffnung, dass J. es nicht mitbekam.

Er schaute ein paarmal hinter ihr her und schmunzelte vor sich hin. Aus den Augenwinkeln beobachtete er sie immer wieder und fuhr sich durch sein Haar, bevor er sich erhob.

J. zog seinen Geldclip aus der Tasche, legte zwei Scheine auf den Servierteller und ging durch den Gang an der Serviererin vorbei. Als er sich noch mal zu ihr umdrehte, grinste er sie mit seinem charmanten Lächeln über die Schulter hinweg an.

„Ihr Geld liegt auf dem Servierteller."

Dann verließ er das Lokal.

Als die Serviererin wenige Minuten später den Tisch abräumen wollte, glaubte sie ihren Augen nicht zu trauen. Sie ging zu ihrer Kollegin hinter der Theke, öffnete ihre Hand und beide starrten auf zwei Fünfzigdollarscheine.

Auf dem Rückweg kam ihm noch ein Gedanke, den er beschloss gleich in die Tat umzusetzen. Er hielt bei dem nächsten Blumenladen und ließ sich vier Biedermeiersträuße mit Vergissmeinnicht und Efeu binden. In dem Blumenladen war er bekannt.

Mittlerweile war die Besitzerin nicht mehr die Jüngste. Er sah sie noch vor sich, als er als Kind mit seiner Oma öfter hier gewesen war. Und sie als junge Frau im Blumenladen ihrer Tante beigebracht bekam, wie man Blumensträuße zusammenstellte und in Form brachte.

„Sie machen die schönsten Sträuße der ganzen Stadt, Mrs. Gibson", schwärmte J. und lächelte sie an.

„Ja, mittlerweile kann ich es ganz gut, was?", lachte Mrs. Gibson. „Weißt du noch, wenn du mit deiner Oma bei uns warst? Ich wuschelte dir im Vorbeigehen durch dein Haar und Tante Hatty gab dir jedes Mal ein Toffee.“

Sie duzte ihn ganz selbstverständlich und ihm war das ganz recht. Es war völlig normal. Er strahlte sie an.

„Die Sträuße sind für meine Großeltern“, erzählte er ihr.

„Hab ich mir schon gedacht. Waren die Lieblingsblumen deiner Oma“, stellte Mrs. Gibson fest.

„Ja, ich weiß“, antwortete J. „Deshalb habe ich sie ja haben wollen.“

„Das freut mich aber sehr“, entgegnete Mrs. Gibson.

„Mrs. Gibson, darf ich Ihnen mal etwas sagen?“, fragte J. etwas befangen.

„Ja?“, sagte Mrs. Gibson erwartungsvoll und neugierig.

„Sie waren früher einfach umwerfend“, sagte J. „Und das hätte ich mich früher auch nicht getraut …“ Er ging zu ihr und küsste sie auf die Wange. Er bezahlte, nahm seine Blumensträuße und verabschiedete sich. „Tschüss, Mrs. Gibson“, sagte J. gutgelaunt und verließ den kleinen Blumenladen. Er ließ eine völlig verdatterte Mrs. Gibson allein zurück.

Noch schnell huschte er in den Lebensmittelladen nebenan, um ein Päckchen Haselnüsse zu kaufen, bevor er sich auf den Weg zum Friedhof machte.

Nachdem er bei seinen Großeltern an der Familiengruft gewesen war, um die kleinen Blumensträuße niederzulegen, setzte er sich auf eine Parkbank.

J. saß mitten auf dem Friedhof, holte die Haselnüsse hervor und fütterte die Eichhörnchen.

Ein Tag Anfang August 1963

Schreckliche Momente

Das Telefon klingelte. Da diese Nummer nur bestimmte Leute kannten, musste es privat sein. J.s Sekretärin ging ans Telefon und nahm den Hörer ab. „Ja, ist gut. Ja", sagte sie und schaute immer wieder nervös zu J. herüber. Der bemerkte sofort, dass etwas nicht stimmte.

„Was ist passiert?", wollte er wissen und schaute seine Sekretärin ernst an.

„Ein Anruf von Cape Cod, Sir. Ihre Frau … Ihre Frau befindet sich auf dem Weg zur Klinik."

„Fünf Wochen hätte sie noch. Es ist viel zu früh", stammelte J. beunruhigt.

„Es gibt offensichtlich Komplikationen, Sir", antwortete seine Sekretärin. „Soll ich das Krankenhaus kontaktieren, Sir?", fragte sie.

„Ja, bitte. Und rufen Sie unsere Frauenärztin vor Ort an. Und machen Sie mir eine Verbindung zu meinem Bruder. Ach, nein. Der ist nicht auf Cape Cod dieser Tage. Rufen Sie unseren Nachbarn Larry an. Ich will mit ihm sprechen", forderte er seine Sekretärin auf.

Dann rief er selbst bei der Air Force an. „Wie lange brauchen wir, wenn ich jetzt sofort fliegen müsste?", fragte J. den Offizier am anderen Ende der Leitung.

„Eine halbe Stunde, Sir."

„Machen Sie eine Maschine startklar, ich fliege sofort."

Jays Frauenärztin verständigte ihn, dass ein Kaiserschnitt unumgänglich wäre.

„Ich komme so schnell, wie möglich", antwortete er ihr.

Auf der anderen Leitung kam ein Anruf von seinem Nachbarn Larry. Sie kannten sich schon ewig.

„Larry, pass auf. Jay ist in der Klinik. Du fährst zum Krankenhaus und wartest dort auf mich. Ich bin so schnell da, wie ich nur kann. Unsere Frauenärztin wird auch da sein. Versuch vom Krankenhaus aus, Bob zu erreichen. Ich muss zum Flieger. Bis gleich."

Er wartete keine Antwort Larrys ab.

„Evelyn, kommen Sie!", rief er seiner Sekretärin zu. So schnell es nur möglich war, fuhr sie sein Chauffeur zur Air Force Base.

Als er in der Klinik ankam, wurde er schon von Larry im Eingangsbereich erwartet. Er war froh, ihn zu sehen. Wenn schon Bob nicht rechtzeitig da sein konnte, dann zumindest ein guter Freund.

„Ich bin sehr erleichtert, dich zu sehen, Larry. Danke", sagte J. und umarmte ihn kurz. „Danke, dass du hier bist."

Larry wusste nicht, was er darauf erwidern sollte, und nickte nur stumm. Er wusste um die ganzen Tragödien, die Jay schon mit ihren Schwangerschaften hinter sich gebracht hatte. Er wusste auch um die ganzen anderen Probleme, die sie gehabt hatten. Innerlich fragte er sich in diesem Moment, wieso gerade jetzt alles drohte schiefzulaufen.

Er mochte sie beide sehr. Jay hatte es ihm sofort angetan. Ihn hatte sie, genauso wie die ganzen Männer ihrer neuen Familie, im Sturm erobert. Sie tat ihm so leid, dass sie schon wieder so etwas Schreckliches durchstehen musste.

Der Arzt sprach mit J.

„Das Kind ist fünfeinhalb Wochen zu früh. Es ist ein kleiner Junge. Wir mussten bei Ihrer Frau einen Kaiserschnitt vornehmen. Sie befindet sich noch in der Narkose, Sir. Körperlich geht es ihr so weit den Umständen entsprechend gut. Sie ist nicht in Lebensgefahr, Sir. Aber Ihr Sohn … Er wiegt noch nicht genug. Er befindet sich in einem Inkubator."

„Wie sind seine Chancen?", wollte J. von dem behandelnden Arzt wissen.

„Ich schätze weniger als fünfzig zu fünfzig, wenn ich ganz realistisch bin. Seine kleinen Lungen sind noch nicht voll entwickelt. Es tut mir leid, Sir. Mehr kann ich Ihnen momentan nicht sagen. Wir können nur warten. Warten, dass er die erste kritische Phase übersteht."

„Danke, Doktor", erwiderte J. tonlos. „Kann ich zu meiner Frau?"

„Ja, aber nur kurz", antwortete der Arzt. „Sie wird noch nicht ansprechbar sein."

J. saß auf dem Flur und starrte ins Leere. Larry stand neben ihm und legte ihm immer mal wieder die Hand auf die Schulter.

Nach einer Weile kam erneut der Arzt.

„Sir, ich habe mit der Kinderklinik in Boston Kontakt aufgenommen, dort sind seine Chancen größer. Sie haben bessere Behandlungsmöglichkeiten. Wir werden ihn transportfähig machen und ihn hinüberfliegen."

„Ich fliege mit", sagte J.

„Kommen Sie", forderte ihn der Arzt auf.

J. wandte sich noch kurz an Larry, bevor er ging. „Versuch bitte noch mal Bob zu erreichen. Ich melde mich morgen. Danke, Larry."

„Schon gut, Fitz", gab ihm Larry zur Antwort und schaute ihn vielsagend an. „Schon gut."

Auf dem Flug nach Boston saß J. neben dem Inkubator und starrte seinen kleinen Sohn ununterbrochen an. Er musste sich so sehr zusammenreißen. Solche Angst hatte er noch nie um einen anderen Menschen gehabt.

Einige Stunden am 8. und 9. August 1963

Entsetzliche Tage

Die nächsten zwei Tage verbrachte J. entweder in einem Hubschrauber oder in Boston in der Kinderklinik sowie in der Klinik, in der Jay lag. Er aß kaum etwas und Schlaf fand er auch nicht. Er war bei ihr, als sie wieder ansprechbar war. Da es ein größerer Eingriff gewesen war, wurde entschieden, Jay länger in der Narkose zu lassen.

J. hatte mit den Ärzten in Boston gesprochen und nachdem es den Anschein hatte, dass seinem kleinen Sohn dort besser geholfen werden konnte, flog er zurück zu Jay. Er war der Erste, den sie sah, als sie endlich wach wurde. J. saß an ihrem Bett und starrte aus dem Fenster, während er ihre Hand festhielt.

„J.", wisperte sie, als sie ihn erblickte. Sie versuchte sich etwas aufzurichten, aber ihre frische Operationswunde von ihrem Kaiserschnitt tat ihr zu weh. J. starrte sie an.

Jay hatte ihn noch niemals in einer solchen Verfassung erlebt. Er hatte geweint, das sah man ihm an. Jetzt schaute er sie mit so einem hilflosen Gesichtsausdruck an, dass es ihr kalt den Rücken herunterlief.

„Der Kleine ist in Boston in der Kinderklinik. Jay … er wird es höchstwahrscheinlich nicht schaffen. Die Ärzte tun, was sie können. Aber seine Chancen sind nicht sehr groß."

Jay schaute J. mit schmerzverzerrtem Gesicht fassungslos an.

„Ich wollte bei dir sein, wenn du aufwachst, und es dir selbst sagen, Jay." Er küsste sie behutsam auf die Stirn. „Ich fliege nachher wieder nach Boston, um bei ihm zu sein, falls …“, weiter konnte er nicht sprechen. Er atmete tief ein und schloss seine Augen. Er hielt sie immer noch an der Hand. Ihr rannen Tränen über ihre Wangen.

Auf dem Rückflug nach Boston beschloss er, seinen kleinen Sohn taufen zu lassen. Er hatte sich schon vor einiger Zeit mit Jay auf einen Namen geeinigt. Ein katholischer Geistlicher wurde in das Krankenhaus gerufen und taufte den kleinen Jungen auf den Namen Patrick.

Zwischendurch rief J. immer wieder im Krankenhaus seiner Frau an, um sich zu erkundigen, wie es ihr ging. In Boston war J. nicht allein. Als er wieder dort ankam, wurde er bereits von Dave erwartet. Einem guten Freund, den J. noch aus Studienzeiten kannte.

„Bob hat mich verständigt“, sagte Dave zur Begrüßung. „Er sagte, du brauchst einen Freund.“

„Danke“, seufzte J.

„Ich werde bei dir bleiben“, sagte Dave. „Larry hat Bob erreicht und der hat mich angerufen. Ich bin sofort losgefahren.“

J. kam nicht zur Ruhe. Mittlerweile war sein eigener Arzt auch im Krankenhaus eingetroffen, um ihn zu behandeln. Er bekam Schmerzmittel und ein Aufbaupräparat.

In den Abendstunden war J. allein. Seine Gedanken kreisten um die Ereignisse der letzten Stunden. Diesmal war er da. Da, wo er wirklich hingehörte. Er war nicht mit Freunden unterwegs im Urlaub oder bei irgendeiner anderen Frau.

Er wurde sich bewusst, wie furchtbar das alles für Jay gewesen sein musste. Jay hatte diese furchtbare Zeit bereits zweimal durchmachen müssen. Bangen, warten. Vor Verzweiflung einem Nervenzusammenbruch nahe. Allein.

Bevor sie ihre zwei Kinder bekam, war Jay bereits zweimal schwanger gewesen. Und er war nicht an ihrer Seite, als sie die Fehlgeburten erlitten hatte. Er ging weiter seinen Vergnügungen nach. „Was habe ich Jay nur zugemutet!

Was habe ich ihr früher nur angetan! Sie ist barfuß durch die Hölle gegangen. Auch für mich. Und ich habe sie nur enttäuscht", haderte J. innerlich mit sich. „Wie konnte ich ihr so etwas nur antun!" Er starrte aus dem Fenster in die Dunkelheit.

Ein Arzt trat in das Zimmer und ging auf J. zu. J. sah sofort an seinem Blick, dass es hoffnungslos war.

„Kommen Sie, Sir. Kommen Sie bitte mit", sagte der Arzt. „Das Kind wird immer schwächer. Wollen Sie bei Patrick sein?"

„Ja", sagte J. „Ich will bei ihm bleiben." Er folgte dem Arzt.

J. trat in das Zimmer, ging zu seinem kleinen Sohn und erfasste dessen kleine, winzige Hand. Er hielt die kleine Hand seines Sohnes bis zum letzten Atemzug. J. ließ seinen Tränen freien Lauf. Er würde diese kleine Hand nie wieder loslassen können, dachte er in diesem Moment.

Als er wenige Stunden später zu Jay zurückflog, fragte er sich, wie er ihr den Verlust Patricks nur mitteilen sollte. Er fühlte sich so hilflos und einsam. Was sollte er ihr nur sagen …

Als er zu ihr ins Zimmer trat, brauchte er ihr gar nichts zu sagen. Sie sah es in seinen Augen.

Er ging zu ihr und küsste sie, bevor er ihre Hand ergriff. Sie starrte ihn entsetzt an.

„Wir werden irgendwie weiterleben. Wir haben unsere zwei Kleinen, an denen wir uns festhalten können", sagte sie. „Aber … J. Ich könnte es nicht ertragen, wenn dir auch noch etwas zustößt. Das würde ich nicht überleben."

J. rannen Tränen über sein Gesicht.

Der größte Feind der Wahrheit
ist nicht die Lüge –
absichtsvoll, künstlich, unehrlich –,
sondern der Mythos –
fortdauernd, verführerisch und unrealistisch.

John Fitzgerald Kennedy

Ende August 1963

Lake Winnipesaukee

White clouds, whose shadows haunt the deep,
Light mists, whose soft embraces keep
The sunshine on the hills asleep!
O isles of calm! O dark, still wood!
And stiller skies that overbrood
Your rest with deeper quietude!
O shapes and hues, dim beckoning, trough
Yon mountain gaps, my longing view
Beyond the purple and the blue,
To stiller sea and greener land,
And softer lights and airs more bland,
And skies – the hollow of God's hand! ...

„J., liest du noch?", fragte Jay, die den Wagen fuhr. Sie schaute in den Rückspiegel. J. saß hinten im Wagen. Er hatte die Beine seiner kleinen Tochter quer über sich liegen. Sie schlief.

„Mmmh", murmelte er.

J. hatte Carolines kleine Füße so lange gestreichelt, bis sie eingeschlafen war. Wenn er ihr abends im Bett vorlas und an ihrem Bettende saß, tat er das auch immer.

„Was liest du, J.?", fragte Jay. „Wieder dieses Gedicht?"

„Mm. Ja. Diese Gegend mit ihren Seen und den Bergen ist so wunderschön. Man könnte das ganze Jahr hier verbringen. Wie einzigartig es sein kann! Ich denke, man kann es nicht besser ausdrücken, als in diesem Gedicht beschrieben, was man empfindet, bei diesem Anblick."

„Liest du mir etwas vor?", bat Jay ihren Mann.

Summer by the Lakeside – Poem by John Greenleaf Whittier

II. Evening

Yon mountain's side is black with night,
While, broad-orhed, o'er its gleaming crown
The moon, slow-rounding into sight,
On the hushed inland sea looks down.

How start to light the clustering isles,
Each silver-hemmed! How sharply show
The shadows of their rocky piles,
And tree-tops in the wave below!

How far and strange the mountains seem,
Dim-looming through the pale, still light
The vague, vast grouping of a dream,
They stretch into the solemn night.

Beneath, lake, wood, and peopled vale,
Hushed by that presence grand and grave,
Are silent, save the cricket's wail,
And low response of leaf and wave ....

Wenn es sich irgendwie ermöglichen ließ, fuhr die Familie über ein verlängertes Wochenende jedes Jahr zum Lake Winnipesaukee. Sie mieteten schon seit Jahren das gleiche Haus.

Auf dem See rudern, angeln, schwimmen. Ausgedehnte Spaziergänge im Wald. Abends beim Grillen waren alle auf der Terrasse versammelt. Ein beschauliches Wochenende. Nur mit der Familie.

Das alte Holzhaus lag direkt am See. Mit eigenem Bootssteg. Am schönsten war es im Indian Summer hier am See. Mit den ausgedehnten Wäldern umher. Die Tage waren noch warm, aber ein Hauch von Herbst lag in der Luft. Die Blätter färbten sich. Es war eine Freude, durch die Natur zu gehen, um diese Jahreszeit. Dieses Jahr waren sie etwas früher am See. Wegen unaufschiebbarer Termine war es ihnen im September nicht möglich.

„Bob. Nach dem Frühstück wollte ich auf den See hinausrudern, kommst du mit?“, fragte J.

„Angeln?“, wollte Bob wissen.

„Mmh. Ja, auch“, bekam er zur Antwort.

Nach einem ziemlich chaotischen Frühstück gingen sie runter zum Bootssteg.

„Das war ja mal wieder ein Frühstück. Die Verwüstung schlechthin. Mein lieber Schwan“, lachte Bob. Er war ein Familienmensch. Er genoss es sehr, bei seiner Rasselbande zu sein. Und es wurden immer mehr.

„Ich bin froh, dass wir zumindest unsere zwei Sonnenscheine haben. Das Wochenende wird Jay gut tun. Sie weicht mir immer aus. Ich glaube, sie bekommt Depressionen. Sie braucht noch sehr viel Ruhe nach diesem entsetzlichen Erlebnis, Bob. Und viel Ablenkung mit den Kindern. Seitdem verstehen sich unsere Frauen auch besser. Da bin ich sehr froh. Sie wird euch brauchen, wenn …“, sagte J., doch er wurde von seinem Bruder unterbrochen.

„Nicht hier. Komm, ich rudere uns auf den See hinaus. Wird es gehen?“

„Was wird gehen?“, fragte J. etwas irritiert, da er mit seinen Gedanken ganz woanders war.

„Na, mit deinem Rücken“, stellte Bob fest. „Ich kenn dich doch … War dein Doc heute Morgen schon da?“, wollte Bob besorgt wissen.

„Ja. Aber die Spritzen helfen immer weniger“, presste J. hervor. „Los, lass uns fahren. Ich habe etwas mit dir zu besprechen“, sagte J. ernst zu seinem Bruder. „Es ist nicht so einfach. Aber ich hoffe auf deine Hilfe und dein Verständnis.“

Sie ließen sich eine Weile über den See treiben und beschäftigten sich mit ihren Angelutensilien. Bob brach als Erster das Schweigen.

„Was hast du, J.? Und mach mir nichts vor, ich kenne dich. Los, raus mit der Sprache, du wolltest doch mit mir reden."

„Mmh. Aber vorher erklärst du mir das mit der Nacht letztes Jahr im August!", forderte J. seinen Bruder auf. Er schaute ihn durchdringend an.

„Letztes Jahr … also … Oh Mann, J., du wärst in so furchtbare Schwierigkeiten geraten. Uns ist nichts anderes übrig geblieben!"

„Uns?"

„Momo und mir!", antwortete Bob. „Was die sich geleistet hat, ist schwer zu überbieten. Zumal schon alles vorbei war zwischen euch. So dreist muss man erstmal sein. Jack, sie war quasi nackt!", sagte Bob aufgebracht.

„Wem sagst du das. Mutter hat keinen Ton gesprochen, aber so hat sie mich noch nie angeschaut. Am liebsten wäre ich gleich auf der Stelle tot umgefallen, das kannst du mir glauben. Ich war im Schockzustand, Bob", stammelte J.

„Frag mich mal! Ich wusste nur, ich musste irgendwie reagieren, sonst wäre alles wie ein Kartenhaus zusammengefallen. Also … du kennst doch Momo, er hat für jedes Problem den richtigen Mann an der Hand. Und er ist sehr diskret …", weiter kam Bob nicht, da J. ihn unterbrach.

„Oh ja, wenn einer Stillschweigen bewahren kann, dann er", erwiderte J. und schaute seinen jüngeren Bruder vielsagend an.

„Das ist wohl wahr", sagte er. „J.! Was hast du vor? Du … ich hab dir doch eben gesagt, du … du … sollst mir nichts vormachen", stammelte Bob. „Was willst du mit Momo, J.?"

J. schaute seinen Bruder von der Seite an, dann richtete er seinen Blick in die Ferne. „Mich wegblasen lassen, Bob", sagte er. „Ganz cool. Schwarze Anzüge oder Uniformen,

Ray Bans, vier bis sechs Mann an verschiedenen Punkten. Auf Dienstreise. Todsicher."

Sein Bruder starrte ihn an. „Das … das ist nicht dein Ernst!" Bob war fassungslos.

„Doch", sagte J. bestimmend.

„Bist du jetzt total übergeschnappt!"

„Nein, sicher nicht", gab J. ihm zur Antwort.

Er erzählte ihm seine Gedanken. An jenem Wochenende. Allein auf dem Meer. Beim Segeln vor der Küste von Cape Cod.

In Bobs Kopf fing es an zu hämmern: ‚Er will sich umbringen … Er will sich umbringen …' Er hörte gar nicht mehr zu, was J. ihm weiter sagte. ‚Er will sich umbringen …!' Panik stieg in Bob auf.

„Und noch was, Bob", fuhr er fort. „Wir brauchen ein Ablenkungsmanöver. Weißt du … Wo jemand viel Lärm macht und hinterher keiner mehr weiß, woher die Schüsse eigentlich wirklich kamen. Sprich mit Lyndon. Den haben wir mit dem Material, was du da ausgegraben hast. Wenn er sich weigert, geht er dabei drauf. Dann ist er politisch erledigt. Und unser Freund will doch an die Macht." Er strich sich mit seiner unnachahmlichen Art durch seine braunen, vollen Haare. „Bob, hast du mir überhaupt zugehört? Bob?"

Bob gab J. keine Antwort. Er stand auf und sprang unvermittelt in den See. Als er an die Wasseroberfläche kam, fing er an zu kraulen. Wie ein Besessener.

‚Er will sich umbringen. Auch noch umbringen …'

„Bob, komm sofort zurück!", rief J. hinter ihm her. Aber Bob reagierte nicht. J. entschloss sich, ebenfalls zu schwimmen. Das Boot zurückzurudern würde er niemals schaffen, aber schwimmen stellte nun wirklich kein Problem dar. Er sprang ins Wasser.

In kürzester Zeit hatte er seinen Bruder eingeholt.

„Bob, ich erwarte eine Antwort", grinste J. Bob an.

Bob starrte geradeaus und beachtete J. nicht. Er würdigte ihn keines Blickes. Bob schwamm weiter.

Sie kraulten nebeneinander her, bis zum Steg ihres Ferienhauses. Bob stieg aus dem Wasser. Er stapfte mit seinen triefnassen Sachen an seinem Schwager vorbei Richtung Haus.

„Bob, ist alles o. k.?“, wollte dieser wissen.

„Mmh“, knurrte Bob und ließ ihn ohne ein Wort stehen. „Ist bei dir alles in Ordnung?“, wandte er sich an J., der noch im Wasser war.

„Ich schwimme noch eine Runde“, lachte J. und winkte seinem Schwager zu. „Wo ist das Ruderboot?“, wollte er wissen.

„Irgendwo in diese Richtung“, zeigte J. mit seiner ausgestreckten Hand an.

„Searg, könntest du es mit dem Motorboot holen?“, fragte J. und schaute ihn bittend an.

„Kein Problem. Ich werd’s schon finden.“

„Danke. Bis dann“, sagte J. und schwamm auf den See hinaus.

Am frühen Abend saß J. auf dem Steg und schaute auf den See und genoss die untergehende Sonne. Bob kam über den Bootssteg und setzte sich neben ihn. J. sprach ihn nicht an.

„Wie um alles in der Welt bist du auf diesen Gedanken gekommen?“, seufzte Bob.

Er wartete vergebens auf eine Antwort. Irgendwann wäre J. dazu bereit, ihm seine Beweggründe mitzuteilen, hoffte Bob. Seinem Bruder konnte man schwer etwas ausreden. Er war stur. Aber sowas von stur, mit seinem irischen Dickschädel, der ihn dahin gebracht hatte, wo er jetzt war.

„Wann?“, wollte Bob nun wissen.

„In Dallas. Am 22. November. Dallas ist weit genug weg von Chicago. Auf Momo wird niemand kommen.“

„Weiß er das schon?“

„Nein, noch nicht. Wir haben vor einiger Zeit telefoniert. Ich wollte erst mit dir sprechen. Ich treffe ihn Anfang September."

Später am Abend saß J. in einem Schaukelstuhl auf der Veranda des Blockhauses und schaute auf den See.

Im Mondschein schwamm Jay … Es war noch warm. Sie genoss es, zu glauben, sie wäre allein auf der Welt …

J. nahm eines seiner mitgebrachten Bücher in die Hand und betrachtete im Kerzenschein eine Weile den Einband, bevor er es aufschlug. Es war schon sehr zerschlissen. Wie oft hatte er es in der Hand gehalten … „Poems on Lake Winnipesaukee" von Julia Noyes Stickney. Er fuhr mit seiner Hand über die erste Seite, als wollte er sie streicheln.

Ein ruhiger Samstagabend, mit einem guten Glas französischen Rotweins. J. musste an das Gespräch mit seinem Bruder denken. Über Lyndon … Es war schon eine Weile her …

Anfang März 1961

Mittags auf der Terrasse

„Ich habe da eine Sache … Es geht um Lyndon", sagte Bob vielsagend.

„Was gibt's", wollte J. wissen.

„Die Sache ist die … Jeder hat eine Leiche im Keller", sagte Bob.

Schweigen.

Sie saßen auf der Steintreppe. Eine kurze Pause zwischen zwei Terminen. Frische Luft in der Frühjahrssonne.

„Um wen geht es?", J. hatte nicht genau zugehört. Er war erschöpft und ganz weit weg mit seinen Gedanken.

„Um Lyndon", sagte Bob eindringlich.

„Der hat eine Leiche im Keller?"

„Mmh. Er hat einen unehelichen Sohn. Von einer Jugendfreundin. Sie waren nie verheiratet. Sie ist Jüdin. Ihre Eltern hatten eine Bar in Dallas. Lyndons Sohn arbeitet in einer Nachtbar als Barkeeper. Bei seinem Onkel. Rubinstein. Er ist fast mittellos, J.", raunte Bob seinem Bruder zu.

„Weiß Lyndon das alles?", wollte J. wissen.

„Nein, er weiß noch nicht mal, dass er einen Sohn hat."

„Was? Woher hast du die Informationen?"

„Moment … Er wohnt mit einer Bardame zusammen."

„Ernsthaft?"

„Ernsthaft!"

„Ach was." J. war erstaunt.

„Interessant."

„Sein Onkel ist so ein dicker, schmieriger Typ. Raucht nur teure Zigarren."

„Woher weißt du das alles?“, bohrte J. nach.

„Der Onkel, dem die Bar gehört, ist in Chicago aufgewachsen. Momo kennt ihn, stell dir vor.“

„Von dem hast du die Information?“, fragte J. neugierig.

„Von wem sonst“, antwortete sein jüngerer Bruder.

„Das kann irgendwann hilfreich sein. Und Lyndon hat wirklich keine Ahnung?“

„Nein“, Bob schüttelte seinen Kopf.

„Lyndon ist ja ziemlich anstrengend. Den muss man immer am Laufen halten, dass er keinen Unfug macht. Bei ihm habe ich oft das Gefühl, dass er uns belauert. Man muss sich jedes Wort genau überlegen.“

„Ja. Da hast du wohl recht“, stimmte Bob J. zu.

„Überprüfst du das noch mal, Bob. Wir müssen sicher sein, dass das alles der Wahrheit entspricht.“

Am 27. August 1963

Arlington am Abend

Abends um halb zehn, als er nicht mehr damit rechnen musste, dass noch einige Menschen dort waren, ging J. in Arlington spazieren.

Er hatte Friedhöfe immer gemocht. Sie wirkten auf ihn anziehend. Gepflegte Parklandschaften, alter Baumbestand und eine himmlische Ruhe.

Früher in Boston während seiner Studienzeit hielt er sich oft auf dem Friedhof auf, wenn er Ruhe haben wollte, zum Entspannen oder um in der Stille ein Buch zu lesen.

Auch hier flitzten überall Eichhörnchen auf dem Gelände des Friedhofs umher. Oder sie saßen vorwitzig auf Grabsteinen. J. ärgerte sich, dass er diesmal keine Haselnüsse dabei hatte, wie vor nicht allzu langer Zeit, als er in Boston am Grab seiner Großeltern gewesen war.

In der Abendsonne ging er über das hügelige, weitläufige Gelände, an der Aussegnungshalle vorbei in Richtung der Grabstätte des unbekannten Soldaten.

J. setzte sich auf eine Mauer und schaute zum Horizont. In der beginnenden Dämmerung sah er dunstig die Stadt in der Ferne. Er genoss es, allein zu sein.

Hier kam er immer her, um den Kopf freizubekommen. Früher war es ihm ein Leichtes gewesen, sich unerkannt dort aufzuhalten. Aber seit zwei Jahren war es fast unmöglich. Dennoch …

Er hatte im Lauf der Zeit ein Gespür dafür entwickelt, wann ein guter Zeitpunkt war, um sich allein davonzustehlen. Es war ihm immer wieder gelungen, neue Strategien zu entwickeln, um seinen „Gefängniswärtern“, wie er seinen Sicherheitsdienst manchmal nannte, zu entkommen.

Ihn fing an zu frösteln. Er machte sich auf den Rückweg. Um elf Uhr kam er wieder am Hauptportal an. Ein älterer, unauffälliger Lincoln stand auf dem Parkplatz in der Nähe des Haupteingangs. J. ging auf den Wagen zu. Er öffnete die Beifahrertür und setzte sich hinein.

„Woher wusstest du, dass ich hier bin? Herrgott noch mal, du weißt immer, wo du mich findest! Wie machst du das?“, lachte J.

„Du bist mein Bruder“, lächelte Bob ihn an.

„Schon als wir Kinder waren, hast du mich überall aufgespürt. Ich wusste schon gar nicht mehr, wohin ich vor dir flüchten sollte, weißt du noch?“, sagte J.

„Oh ja. Du warst schon immer auf der Flucht.“

„Ja, meistens. Mit meiner Jolle auf dem Meer. Bis du den Mastbaum angesägt hast, als du sechs Jahre alt warst. Er ist umgekippt und hat dich am Kopf getroffen. Du hattest eine Gehirnerschütterung und durftest zwei Wochen nicht dein Bett verlassen.“

„Ich wollte nicht, dass du so lange segeln gingst!“

„Oh ja. Daran erinnere ich mich.“

„Oder weißt du noch, als ich mich unter der Abdeckplane auf deiner Jolle versteckt hatte. Da war ich so ungefähr fünf und konnte noch nicht schwimmen. Als du mich bemerktest, waren wir draußen auf dem Meer.“

„Am liebsten hätte ich dich über Bord geschmissen, in dem Moment!“

„Ja, ich kann es mir vorstellen. Du warst so sauer auf mich, als du mich gefunden hast. Ich musste diese riesige Schwimmweste anziehen. Du hast mir geholfen sie anzuziehen und fortwährend vor dich hin geschimpft.“

„Am besten war die Nummer, die du als Teenager gebracht hast, als ich dich nicht mit ins Kino nehmen wollte.

Du hast dich im Kofferraum versteckt. Beinahe wärst du erstickt."

„Ich fand das klasse", antwortete Bob.

„Ich aber nicht. Du hast immer so waghalsige Aktionen unternommen, mit denen du alle verschreckt hast. Sogar Mutter war manchmal der Ohnmacht nahe. Und das will was heißen."

Auf dem Rückweg fragte J.: „Warum hast du mich abgeholt? Mein Wagen steht jetzt immer noch da oben. An den hatte ich gar nicht mehr gedacht, als ich zu dir ins Auto gesprungen bin."

„J., du hast noch einen Termin", sagte Bob jetzt ganz geschäftig und organisiert. Er war ein wandelnder Terminkalender.

„Einen Termin?", fragte J. „Mit wem?"

„Du wolltest dich doch vor der Kundgebung morgen mit Luther treffen. Bevor ihr euch ganz offiziell begegnet. So unauffällig wie möglich. Das ist am besten abends zu organisieren. Er wird um zwölf am Lincoln Memorial auf dich warten", entgegnete Bob.

„Das ist ja schon gleich. Bob, ich habe noch nicht viel gegessen heute. Können wir irgendwo anhalten. Ein Hotdog wär jetzt genau das Richtige."

„Wenn du meinst, bitte. Aber ich hab auch einen Picknickkorb im Kofferraum. Schöne Grüße von deiner Köchin. Sie hat Angst, dass du verhungerst."

„Sehr gut. Das reicht bestimmt für zwei. Hast du auch etwas zu trinken dabei?", wollte J. wissen.

„Coke und Weißwein."

„Wunderbar."

„Was hast du vor?", fragte Bob verwundert.

„Mit Luther essen. Meinst du, dem geht es besser als mir? Der kommt auch nicht zu den wesentlichen Dingen."

Auf dem Weg zum Lincoln Memorial hielten sie trotzdem noch bei einem Diner. Bob griff hinter sich auf den Rücksitz. Dort lag sein altes Sweatshirt und eine abgewetzte Baseballkappe. Er zog seine Krawatte ab, schmiss diese hinter sich auf den Rücksitz und streifte das Sweatshirt über sein Hemd.

Als er sich umgezogen hatte, wandte er sich an seinen Bruder.

„Was darf ich Ihnen bringen, mein Herr?“

„Einen Hotdog mit Zwiebeln und Krautsalat, bitte!“

„Yes Sir“, lachte Bob und salutierte.

„Du bist unmöglich“, schmunzelte J. und verdrehte die Augen.

Um kurz vor zwölf hielt der Lincoln und J. stieg aus. Er ging um den Wagen herum an den Kofferraum.

J. nahm den Picknickkorb in die eine Hand und die Weißwein- und Coke-Flaschen in die andere.

„Beeil dich, J., Luther ist schon da“, rief Bob seinem großen Bruder zu. „Bis morgen.“ Der Lincoln brauste davon.

Am 27. August 1963

Um zwölf Uhr mit Luther

Es war dunkel. Nur die nahe Straßenlaterne spendete etwas Helligkeit. Das Lincoln Memorial wurde mit einem warmen, angenehmen Licht angestrahlt. J. stellte den Korb und die Flaschen auf eine Treppenstufe des Denkmals. Mit einem entwaffnenden Lächeln ging er auf Luther zu.

„Ich freue mich, dass wir uns treffen", sagte J. und reichte Luther zur Begrüßung die Hand.

Luther schaute J. etwas konsterniert an.

„Guten Abend."

„Sagen Sie mal, haben Sie heute schon etwas gegessen?", wollte J. wissen. Er setzte sich ins Halbdunkel neben den Picknickkorb, öffnete ihn und fing an, darin herumzukramen. „Kommen Sie, Luther. Setzten Sie sich doch. Wollen Sie lieber Sandwich mit Schinken oder Hähnchenschenkel?"

Nach dem ersten Schreck setzte sich Luther neben J.

„Hähnchenschenkel, bitte", antwortete er schüchtern. Er konnte es nicht fassen. Er saß im Dunkeln, neben J., aß Hähnchen und sie unterhielten sich, als wären sie alte Freunde …

Als wäre es das Normalste von der Welt …

Im Schatten des Lincoln Memorials.

Wem sollte er das je erzählen, fragte sich Luther in diesem Moment.

Er würde die Erinnerung an diesen Abend nur einmal einem anderen anvertrauen. J.s Bruder Bob zwei Jahre später, als sie in Arlington spazieren gingen, in der Stille der Nacht.

„Sagen Sie mal … der Mann vorhin … Ihr Fahrer … war das Ihr Bruder Robert?"

„Oh ja", erwiderte J.

„Ich wusste gar nicht, dass Ihr Justizminister auch Ihr Chauffeur ist", grinste Luther J. süffisant von der Seite an.

„Er tut, was er kann", sagte J. amüsiert. „Mein Kindermädchen und mein Tugendwächter ist er auch."

„Hoffentlich wird er gut bezahlt", stellte Luther fest.

„Sein Justizministerhonorar wird für einen guten Zweck gespendet. Er benötigt es nicht wirklich. Bob hat alles, was er braucht", antwortete J.

Luther riss erstaunt die Augen auf und kratzte sich an der Stirn.

„Ein weißer Sklave. Interessant. Wer hätte das gedacht."

„Wissen Sie", entgegnete J. „Ich habe nie darüber nachgedacht. Aber Sie haben recht." Nach einer längeren Pause sagte J.: „Lassen Sie uns einen Spaziergang machen."

„Soll ich Ihnen etwas sagen", nahm Luther das Gespräch wieder auf. „Ich bin nur ein einfacher Baptistenpastor. Ich habe Angst. Angst vor morgen. Wissen Sie, ich will noch eine Weile leben. Ich frage mich, ob es das alles wert ist. Aber ich wecke wohl in den Leuten Hoffnung. Ich werde nie die Gesichter vergessen, die einen mit so viel Hoffnung und Zuversicht anschauen."

„Nein, die vergisst man nie."

„Wir wecken beide Hoffnung in den Menschen."

„Auf unterschiedliche Weise, mit unterschiedlichen Ansätzen", antwortete J. „Sie sind so weit, Sie dürfen jetzt nicht aufhören", sagte J. beschwörend. „In Washington wird morgen niemand erschossen. Das garantiere ich Ihnen", fuhr J. weiter fort. „Sie brauchen keine Angst vor einem Attentat zu haben, Luther. Gehen Sie weiter gegen die Ungerechtigkeit in diesem Land vor. Weiter und weiter."

„Was ist mit Ihnen? Werden Sie uns unterstützen?", fragte der farbige Pastor.

„Ja, so lange ich noch da bin, werde ich das tun. Und nennen Sie mich Jack. Alle tun das." J. legte ihm seine Hand im Gehen auf die Schulter.

Sie gingen eine Weile schweigend nebeneinander her. Er überlegte, wie er sein Gegenüber für sich einnehmen konnte. J. war sich gar nicht bewusst, dass er das längst geschafft hatte. Mit seinem Auftreten bei ihrem Kennenlernen. Morgen würden sie sich offiziell begegnen. Heute Nacht war das anders.

Er wollte Luther in dieser Nacht mit einer Geste vermitteln, dass er Vertrauen zu ihm hatte.

„Ich habe noch eine Bitte", sagte J. und schaute Luther von der Seite her an. „Sie sind doch Pfarrer. Würden Sie mir die Beichte abnehmen, Luther?"

„Was hätte ein römisch-katholischer Ire einem schwarzen, unbedeutenden Baptistenpastor zu beichten? Sie machen mich neugierig …"

Er würde ihm nicht alles erzählen, aber …

„Kennen Sie den Satz: Man kann einigen Leuten einige Zeit etwas vormachen, aber nicht allen Leuten alle Zeit?"

Anfang September 1963

Abends

Als sie endlich nach einem langen Tag mit vielen Besprechungen den Raum verlassen wollten, nahm Bob Lyndon zur Seite.

„Ich möchte etwas mit Ihnen besprechen. Können Sie etwas von Ihrer Zeit erübrigen? Lassen Sie uns nach draußen gehen."

Sie machten einen Spaziergang im Garten. Bob schilderte Lyndon die Situation. So kurz und informativ, wie es ihm möglich war.

„Was wollen Sie von mir?", fragte Lyndon.

„Tja, das ist so ... Sie werden den Mann für das Ablenkungsmanöver besorgen. Zehn Wochen haben Sie etwa Zeit. Das dürfte reichen. Für einen Mann mit Ihren Beziehungen. Wenn Sie nicht kooperieren, werden unschöne Details aus Ihrer Vergangenheit an die Öffentlichkeit gegeben. Denken Sie auch an Ihren Sohn."

Es herrschte Stille. Mit allem hatte Lyndon gerechnet, aber nicht mit so einem Ultimatum. Er befand sich innerlich im freien Fall.

Er durchschaute sofort die Tragweite.

Als er sich wieder etwas gefasst hatte, überfiel ihn Wut. Er knirschte mit den Zähnen und zischte: „Dieser verdammte Mistkerl! Mit der Nummer wird er unsterblich. Was für ein Abgang. Oh, dieser gerissene Schweinehund!"

Er drehte sich zu Bob um.

„O. k. Sie haben mich. Ich bin dabei."

„Ich habe nichts anderes von Ihnen erwartet“, entgegnete Bob. „Sorgen Sie dafür, dass nichts an die Öffentlichkeit dringt. In Ihrem eigenen Interesse“, beschwor ihn Bob.

„Wie soll ich das?“, wollte Lyndon wissen.

„Sie machen das schon, Mr. Präsident, Sir.“ Bob schaute ihn ernst an. „Und machen Sie es gut.“

„Wer sind die anderen?“, fragte Lyndon und seufzte.

„FBI“, antwortete Bob. „Das wird das erste Mal sein, dass Edgar genau das macht, was man von ihm erwartet.“

Lyndon starrte Bob fassungslos an.

Er hatte J. immer geschätzt. Sie hatten ihren Weg gefunden, miteinander klarzukommen. J. war nicht nachtragend. Obwohl Lyndon mehrere Male in der Vergangenheit in der Öffentlichkeit Andeutungen über J.s diverse Gebrechen geäußert hatte. Sie achteten sich.

Mit Lyndon und Bob war es ungleich schwieriger. Sie würden sich wohl nie aneinander gewöhnen. Sie fanden einfach keine gemeinsame Basis.

Aber das jetzt. Wie konnte man nur in so eine Lage gedrängt werden … Das war mit Sicherheit Bobs Werk gewesen. So etwas traute er J. nicht zu. So arglistig zu sein, um ihn in der Hand zu haben.

Ein Freitagabend Anfang September 1963

Erstes Gespräch mit Momo

Der ältere, schwarze Lincoln fuhr nordwestlich über zwei Staatsgrenzen bis nach Cincinnati in Ohio. Sie kamen abends um halb neun an. Bob hielt direkt vor dem Lokal. *Trocadero Taverne* stand über der Eingangstür.

„Ich bleibe im Wagen und lese", entgegnete Bob und starrte geradeaus aus dem Fenster. Er hatte noch beide Hände am Lenkrad. Ein tiefer Seufzer entfuhr ihm.

„Es ist alles in Ordnung, Bob. Bis dann", sagte J., schaute seinen Bruder von der Seite an und stieg dann aus dem Wagen. Er öffnete den Kofferraum, um sein Billardqueue herauszunehmen. Er nahm den Koffer unter den Arm, schloss die Kofferraumklappe und betrat das Lokal. Er ging an der Bar vorbei, in den hinteren Teil des Lokals, in dem ein großer Billardtisch stand.

J. war nicht zum ersten Mal hier. Er war damals zwanzig Jahre alt gewesen und begleitete seinen Vater, als er zum ersten Mal dieses Lokal betrat. Sein Vater wollte ihm jemanden vorstellen. Damals wurden sie bereits erwartet. Und auch an diesem Abend war es nicht anders.

„Du bist pünktlich, wie immer", stellte der ältere Mann fest, der auf einem Barhocker an einem Tisch in der Nähe des Billardtisches saß.

J. ging auf ihn zu und begrüßte ihn freundschaftlich. „Wir haben uns lange nicht mehr gesehen", stellte der Mann fest. Er war kleiner als J., älter und hatte eine Halbglatze. Der Mann trug einen teuren Anzug und an seiner manikürten Hand steckte ein kostbarer Siegelring.

„Was kann ich für dich tun?", wollte er von J. wissen. „Du bist doch bestimmt nicht nur zum Billardspielen hier", stellte er fest.

„Nein, nicht nur zum Billardspielen", antwortete J. Er ging zur Bar und bestellte sich einen halben Liter Milch.

Der Mann verfolgte J. mit seinen Blicken und fragte sich die ganze Zeit, was dieser seltsame Junge von ihm wollte, der so ganz anders war als dessen Vater. Er hatte natürlich, aus der Ferne zwar, immer großes Interesse an den Kindern seines alten Geschäftsfreundes gezeigt. Was war nur aus diesem sommersprossigen, kleinen, schmächtigen Kerl mit Segelohren geworden, der schon immer krank gewesen war und viel gelesen hatte. Der eine eigene Hausapotheke besaß, sodass jeder Arzt grün vor Neid wurde.

Jedesmal, wenn er J.s Vater getroffen hatte und sich höflich nach den Kindern erkundigte, hieß es über J. entweder „Der liegt im Krankenhaus" oder „Er muss das Bett hüten".

Er hatte sich immer gewundert, wie die Familie J. überhaupt groß bekommen hatte. Aber er schien zäh, intelligent und vor allem mutig zu sein. Mutig war J.s Vater nie gewesen.

Nun stand er neben ihm und schaute ihm zu, wie er sein Billardqueue zusammenschraubte. Dann polierte er mit einem weichen Tuch das Queue und brachte anschließend Kreide auf der Spitze auf.

‚Was macht dieser Junge da bloß! Er bereitet sich so akribisch auf das Spiel vor, als ginge es um eine Meisterschaft', dachte J.s Spielpartner irritiert. Er konnte ja nicht ahnen, dass J. sich nur deshalb so viel Zeit nahm, um seine Gedanken zu ordnen.

„Wo ist dein Bruder?", brach der Mann das Schweigen.

„Draußen im Wagen", entgegnete J.

„Was macht er da?“, wollte der Mann wissen.

„Er liest“, antwortete J. schlicht.

„Ihr seid seltsame Jungs, echt“, stellte sein Gegenüber fest.

„Lass uns anfangen“, sagte J. und ging zu dem Billardtisch, um die Kugeln aufzubauen. „Pool?“, fragte er.

„Pool“, antwortete sein Spielpartner.

„Ganz ehrlich, J., bis auf den Verschleiß an Frauen hast du rein gar nichts von deinem Vater!“, stellte der Mann kopfschüttelnd fest.

„Selbst das Thema hat sich für mich erledigt, Momo“, antwortete J. bestimmend, ohne aufzuschauen, und sortierte die Kugeln im Dreieck. Als er fertig war, strich er sich durch sein Haar und schaute Momo an.

„Du fängst an“, forderte J. ihn auf.

Momo ging um den Tisch herum, um das Spiel zu eröffnen.

„Was willst du von mir?“, fragte Momo, während er den ersten Stoß ausführte.

„Lass uns erstmal spielen“, sagte J. und atmete tief ein und aus.

J. überlegte fieberhaft, wie er das Gespräch beginnen sollte.

„Deinen Bruder habe ich schon ewig nicht gesehen“, sagte Momo.

„Ja, zum letzten Mal Anfang August letzten Jahres“, sagte J. und erneuerte währenddessen die blaue Kreide auf seiner Queuespitze.

„Du solltest es niemals erfahren.“

„Ich wusste es gleich. Ich habe aber erst vor Kurzem mit Bob darüber gesprochen. Ich wusste, er würde mich nicht belügen. Und auf dich kann man sich blind verlassen, wenn es sich um so heikle Probleme handelt.“ Er schaute hinüber zu Momo.

„Ich habe auch so ein heikles Problem“, sagte er und schaute ihm direkt in die Augen.

Momo hielt seinem Blick stand.

J. wandte sich ab und schaute nachdenklich an die Decke.

„So schwer?“, fragte Momo etwas belustigt. Er schreckte vor nichts zurück und hatte schon zu viel erlebt in seinem Leben. Er spielte weiter. „Jack?“, fragte er, „wer ist es diesmal?“

„Ich“, sagte J. tonlos. „Ich möchte, dass du jemanden für mich beauftragst.“

Momo rutschte mit seinem Queue ab, traf die Kugel, die quer durch den Raum flog und an der gegenüberliegenden Wand in den Spiegel prallte, der in tausend Scherben zerbarst.

Er legte sein Queue auf den Billardtisch, ohne ein Wort zu sagen. Er ging hinter die Theke und holte sich eine Flasche seines Whiskys hervor und goss sich ein Glas ein, das er mit zwei, drei großen Schlucken leerte.

Er stellte das leere Glas ab und ging auf J. zu.

Er schaute ihn von unten her an und stützte sich auf dem Billardtisch ab.

„Wieso?“, fragte er J.

„Wie lange hast du Zeit? Es wird etwas länger dauern“, erwiderte J. und begegnete Momos Blick.

„Die ganze Nacht, Jack. Die ganze Nacht, wenn es sein muss, mein Junge.“

Momo hatte wirklich zum ersten Mal in seinem Leben das Gefühl, jemand risse ihm den Boden unter seinen Füßen weg. So weiche Knie hatte er noch nie gehabt wie in diesem Augenblick.

Eine Freitagnacht Anfang September 1963

In der Bar

Sie spielten die ganze Nacht hindurch Billard. J. erzählte Momo seine ganze Krankengeschichte. Schonungslos. Alles, was er wissen wollte. Und noch mehr …

Immer wieder fragte sich Momo aber, wieso er auf diesen Gedanken gekommen war.

„Das kannst du nicht wirklich in Erwägung ziehen. Du musst verrückt geworden sein. Oder sind das die Medikamente, Jack? Es sind die Medikamente, die dir den Geist vernebeln", stellte Momo fest.

„Ich war noch nie so klar im Kopf. Ernsthaft. Und du bist der Letzte, der mir das ausreden kann", antwortete J. resolut. „Ich war dem Tod oft so nah. Ich habe schon oft in den Himmel gesehen. Verdammt noch mal: Ich bin krank. Und diesmal gibt es kein Entrinnen. Ich fühle das. Diesmal nicht!"

„Jack …", wollte Momo beginnen, aber J. schnitt ihm das Wort ab.

„Sag gar nichts mehr. Lass es dir durch den Kopf gehen. Ein bisschen Zeit hast du ja noch zur Verfügung. Der Termin steht und ich hoffe auf deine Hilfe."

Momo schüttelte seinen Kopf. „Du bist nicht mehr zurechnungsfähig", entgegnete er ihm.

„Ich weiß genau, was ich zu tun habe. Und das ist meine einzige Möglichkeit."

„Dein Vater hat ja schon viel von mir verlangt, Jack. Aber du … wirklich. Das kannst du nicht von mir erwarten. Du schmeißt auch alle Strategien der nächsten Jahre über den Haufen. Ist dir das klar?"

„Für mich gibt es keine nächsten Jahre, verstehst du. Es ist vorbei!"

„O. k. Du hast dich entschlossen, eine Show abzuziehen. Aber ich frage dich noch mal. Wieso?"

„Das habe ich dir doch schon mehrmals erläutert heute Nacht."

„Jack, darf ich dir mal eine Frage stellen?", sagte Momo irritiert. „Warum um alles in der Welt säufst du den ganzen Abend Milch? Das bringt doch gar nichts mehr!"

„Sie schmeckt", antwortete J. mit einem Schulterzucken.

„Whisky schmeckt auch", sagte Momo und schenkte ihnen zwei Gläser ein.

Nachts um drei Uhr hatte J. ihn so weit, dass er sich die Sache zumindest mal überlegen würde, wie er ihm versicherte.

„Weißt du, ich will nicht fremdbestimmt dahinsiechen. Ich bestimme wann, wo und wie ich sterbe."

Momo schaute ihn an.

„Ich denke darüber nach. Aber das muss ich erstmal verarbeiten", sagte Momo.

Sie spielten noch eine Partie Billard.

„Ich habe bei meinem Bruder so gelitten, als er im Krieg fiel. Ich hätte fallen sollen. Und ich habe meine Gefühle für mich behalten. Meine Schwester, die mir am nächsten stand, ist mit einem Flugzeug abgestürzt. Und ich musste weiter funktionieren. Das war alles so furchtbar. Aber das Schlimmste, was passieren konnte, war der Tod von Patrick. Das wünscht man seinem ärgsten Feind nicht." J. schaute Momo an. „Ich habe gedacht, die Erde öffnet sich und verschlingt mich. Ich stürzte in ein tiefes, schwarzes Loch. Es ist das wirklich Schlimmste, sein eigenes Kind sterben zu sehen. Zum ersten Mal habe ich gedacht, dass ich das alles nicht mehr überstehe."

Momo schaute J. an und schwieg. Er zündete sich erneut eine Zigarre an und legte J. seine Hand auf den Rücken.

Sie setzten sich in zwei Sessel, die nicht weit von dem Billardtisch entfernt standen. J. trank Whisky und rauchte eine von Momos Zigarren. Kubanische Zigarren. Die Besten, die man bekommen konnte.

„Weißt du noch, wie wir uns kennengelernt haben, hier … So lange her." J. musste schmunzeln.

„Du hast Mut, Jack. Das muss ich dir lassen. Dein Vater hätte niemals soviel Mut aufgebracht", sagte Momo anerkennend. Er seufzte. „Ich denke, es ist an der Zeit, dir Einiges über deinen Vater mitzuteilen. Ich habe immer gedacht, ich hätte noch etwas Zeit, dir so manches etwas schonender beizubringen. Mehr so nach und nach. Aber eigentlich ist es unerheblich, wann du es erfährst und wie."

Er schaute J. an.

„Ich denke, Jack, das alles kann ich dir ebenso gut heute Nacht erzählen. Denn du solltest es wissen …" Momo nahm einen tiefen Lungenzug und trank noch einen Schluck Whisky.

Morgens um kurz nach sechs Uhr trat J. aus dem stickigen Lokal in die klare, frische Morgenluft. Er ging zum Wagen und öffnete den Kofferraum, um sein Queue zu verstauen. Er knallte die Kofferraumklappe zu, ging um das Auto herum, öffnete die Beifahrertür und stieg ein.

J. öffnete das Handschuhfach und nahm seine Medikamentenschachteln hervor.

„Kannst du mich nicht etwas behutsamer wecken, nach dieser Nacht", beschwerte sich Bob. Irgendwann in der Nacht hatte er sich auf die Rückbank gelegt, um zumindest etwas zu schlafen.

„Ich bitte dich, Bob. Setz dich hinters Steuer und fahr los", zischte J. zwischen seinen Zähnen hervor.

„J.?", wollte Bob wissen. „Wie war's?"

„Er ist ein Verbrecher", japste J. „Ein Verbrecher … ein Gangster!"

„Dafür hast du die ganze Nacht gebraucht? Das wusstest du doch bereits vorher!“, beschwerte sich Bob.

„Ich rede nicht von Momo“, sagte J. nachdrücklich und atmete tief durch und schluckte noch ein paar seiner Tabletten. Bob schaute ihn fragend an. „Ich rede von unserem Vater!“

Essen auf Cape Cod Anfang September 1963

Abends in Provincetown

Sie fuhren mit ihrem Sportwagen an der Küste entlang. Es war ein herrlicher, lauer Spätsommerabend Anfang September. Seit den verhängnisvollen Tagen Anfang August waren sie nicht mehr oft allein gewesen. Immer waren da Termine, Besprechungen, öffentliche Veranstaltungen und jede Menge anderer Verpflichtungen. Immer standen sie unter Beobachtung.

Jeder wartete nur auf eine Gefühlsregung in der Öffentlichkeit. Ein Spießrutenlaufen von vier Wochen lag hinter ihnen.

Endlich hatten sie einen Abend nur für sich. Zu Hause auf Cape Cod. Mal ohne Familie. J. wollte mit Jay in ihr Lieblingsrestaurant. Ein kleines, gemütliches Fischrestaurant im Zentrum von Provincetown.

„Wie geht es dir, Jay?", wollte J. von seiner Frau wissen und schaute sie von der Seite an.

Jay gab ihm keine Antwort. Sie starrte aus dem Fenster und ließ die Landschaft an sich vorbeiziehen.

Sie schlenderten durch Provincetown, schauten sich die kleinen Schaufenster der Geschäfte an und genossen die Ruhe. Niemand sprach sie an.

Sie trugen Jeans und Sweatshirts. Jay war nicht geschminkt und hatte ein Kopftuch auf. Sie trug eine Ray Ban.

In dem kleinen Fischrestaurant bestellten sie ihr Lieblingsessen. J. nahm einen Muscheltopf und Jay einen Krabbencocktail. Sie tranken kalifornischen Weißwein.

J. persönlich hatte einen Tisch reserviert. Ihren Tisch. Wie früher. Hinten rechts in der Ecke, mit Blick auf den kleinen Hafen. Zwischendurch nahm er immer wieder Jays Hand. Das brachte sie zusehends aus dem Konzept.

Sie hatten sich während des Essens angeregt unterhalten. Ihnen ging nie der Gesprächsstoff aus. Das war wirklich das Großartige zwischen ihnen: Sie hatten sich noch immer sehr viel zu erzählen.

Später gingen sie ein Stück am Strand entlang. Jay war ausnahmsweise sehr schweigsam.

„Wollen wir nach Hause fahren?", fragte J. und küsste sie vorsichtig.

„Mmmh", murmelte sie und nickte.

Nach ein paar Kilometern hielt er an einer Bucht und stellte das Auto ab. J. schaute lange aufs Meer hinaus. Wie würde er es vermissen.

„Ich denke, du solltest Einiges wissen", fing J. das Gespräch an. „Es gibt da etwas, was ich dir sagen muss, sonst fürchte ich, ich ersticke daran." Er räusperte sich. „Ich … ich war furchtbar, die ersten Jahre. Du warst immer so … na ja, so tapfer. Ja, ich war unmöglich. Aber ich habe mich geändert. Nur für dich." Er schaute sie an. „Ich … ich hätte das nie für möglich gehalten. Ich kannte es ja nicht anders."

Sie wich seinem Blick aus.

„Auf jedes Kind von dir freute ich mich mehr. Du warst immer für mich da und die ersten Jahre war ich ein Scheißkerl, Jay. Aber das jetzt. Der Verlust von Patrick ist mehr, als ich verkraften kann." Tränen schimmerten in seinen Augen. „Ich bin genauso verzweifelt wie du. Ich habe mich so sehr auf unser drittes Kind gefreut." Er schaute sie an. „Diesmal war ich da, Jay. Diesmal habe ich dich nicht alleingelassen."

Jay gab ihm keine Antwort und schaute aus dem Fenster.

Er startete den Motor, schaute sie von der Seite an und fuhr weiter.

„Mittlerweile machst du mich wahnsinnig, Jay. Du machst mich wahnsinnig. Rede mit mir, Jay! Warum hast du nie mit mir geredet? Warum hast du mir nie Vorwürfe gemacht?"

Er hielt erneut am Straßenrand an und schaute ihr ins Gesicht.

„Über alles kannst du doch reden. Nur nicht über uns, wenn wir allein sind. Warum hast du mir nie eine Szene gemacht? Alles, alles wäre besser gewesen, sogar wenn du vor Wut unsere Wohnung zertrümmert hättest. Oder meine Sachen aus dem Fenster geworfen. Verdammt noch mal, ich liebe dich, Jay. Ich liebe dich wirklich. Das weiß ich endlich, nach dieser langen Zeit."

Er sagte nichts mehr. Eine ganze Weile. Er wartete ... Er wartete auf eine Reaktion, die nicht kam. Er startete den Motor und fuhr weiter. Sie saßen schweigend nebeneinander.

Irgendwann forderte Jay: „Halt an. Halt bitte an." Sie verließ von Panik ergriffen den Wagen. Es war nicht mehr weit bis nach Hause.

Als J. sich von dem ersten Schreck erholt hatte, fuhr er heim. Jay lief in der Dunkelheit am Strand entlang, er konnte sie von der Straße aus nicht mehr sehen.

Er raste nach Hause. J. kam mit quietschenden Reifen vor dem Hauptportal zum Stehen. Er atmete tief durch, bevor er ausstieg. In letzter Zeit hatte er mehr und mehr Schmerzen. Er ging hinein, nahm seine Medikamente und wartete. Über eine Stunde. Dann ging er hinaus, lief um das Haus herum und klopfte bei Bob an der Tür.

Es öffnete niemand.

Er klopfte am Fenster zu Bobs Arbeitszimmer, dort brannte noch Licht.

„Bob", zischte J. „Bob. Mach auf."

Bob hatte seine Ohrenstöpsel in den Ohren. Es dauerte, bis er seinen Bruder hinter der Fensterscheibe bemerkte. Bob öffnete ihm die Tür.

„J., wie siehst du denn aus? Hast du Schmerzen? Soll ich deinen Arzt verständigen oder musst du in die Klinik?“, fragte Bob besorgt.

J. war aschfahl im Gesicht. Er ließ sich auf das Sofa im Wohnzimmer sinken.

„J., bitte …“, stammelte Bob.

„Ich hab’s Jay gesagt“, sagte J. tonlos.

„Wie hat sie reagiert?“, wollte Bob wissen.

„Erst hat sie gar nichts gesagt und dann ist sie ohne ein weiteres Wort aus dem Auto gesprungen. Fluchtartig.“ J. strich sich durch sein Haar. „Bob … Bob, was mache ich, wenn sie mich jetzt verlässt?“, stammelte J.

„Darauf kommt es jetzt auch schon nicht mehr an, findest du nicht?“, entgegnete Bob resignierend.

„Ich will nicht als verlassener Mann sterben, verstehst du? Ohne Jay stehe ich das nicht durch“, sagte J. matt.

„Was hast du ihr denn gesagt, wenn ich fragen darf? Jay läuft nie einfach weg. Selbst wenn sie einen guten Grund hätte! Was?“, wollte Bob etwas aufgebracht wissen.

J. strich sich mehrmals verlegen durch sein Haar.

„Ich habe ihr gesagt, dass ich sie liebe“, sagte J. leise.

„Ja, und weiter …?“, fragte Bob.

„Nichts weiter …“, J. räusperte sich.

„J., du hast ihr nichts über deinen Gesundheitszustand gesagt?“, fragte Bob entgeistert.

„Nein, bist du nicht bei Verstand? Wieso sollte ich das tun!“

„Ach, nur so. War nur so ein Gedanke“, erwiderte Bob. „Ich habe noch eine Frage, J. Du hast ihr doch schon öfter mal gesagt, dass du sie liebst?“

„Na ja … so ähnlich.“

„Was heißt denn so ähnlich?“

„Nicht so direkt“, antwortete J.

„Fitz, jetzt reichts“, presste Bob hervor und schaute J. mit funkelnden Augen böse von der Seite an.

Nachts auf Cape Cod Anfang September 1963

Zu Hause bei Bob

Eine weitere Stunde später war Jay immer noch nicht wieder aufgetaucht. Mittlerweile befand sich J. in einem wirklich nervösen, aufgelösten Zustand. Und die Schmerzen wurden immer schlimmer. Er saß noch immer mit Bob in dessen Wohnzimmer.

„Bob, ich halte das Warten nicht mehr aus. Wir können gar nichts tun. Das ist das Schlimmste. Ich kann doch unmöglich die Polizei verständigen." Er sah das größte Desaster seines Lebens über sich hereinbrechen. „Hoffentlich tut sie sich nichts an, Bob. Das würde ich nicht durchstehen", seufzte J.

„Was, Jay? Bestimmt nie. Sie ist zäh", antwortete Bob. „Und sie liebt dich. Das ist nicht das erste Kind, was sie verloren hat. Warum sollte sie sich ausgerechnet jetzt etwas antun? Früher hätte ich das verstanden. Aber jetzt …", stellte Bob fest.

„Was soll das denn heißen?", sagte J. aufgebracht.

„Ach, komm schon, das weißt du ganz genau, J.", erwiderte Bob und machte eine Handbewegung, die keine weitere Diskussion zuließ. Bob lief hin und her, wie ein Tiger im Käfig. „Sie muss dich wirklich lieben, J. Bei dem ganzen Theater, das du früher veranstaltet hast. Jede andere wäre dir weggelaufen. Aber Jay ist geblieben. Sie ist geblieben …", sagte Bob bedeutungsvoll.

J. ging es wirklich nicht besonders gut. Er hatte Schweißausbrüche und furchtbare Schmerzen. Er legte sich auf Bobs Sofa.

„Und was ist mit dir? Darf ich jetzt endlich deinen Arzt verständigen? Du brauchst Hilfe. Schau dich doch mal an, J. So wird es diesmal nicht gehen. Eine kleine Pille und alles wird gut. Das kannst du vergessen! Also ... Doc oder Krankenhaus?“, wollte Bob von ihm wissen.

J. legte den Kopf in den Nacken und starrte mit schmerzverzerrtem Gesicht an die Zimmerdecke.

„Doc“, presste er hervor und Bob war sofort klar, dass J. wirklich starke Schmerzen haben musste.

Bob griff zum Telefonhörer. Wenig später fuhr ein Auto in die Einfahrt. J.s Arzt. Er untersuchte J. eingehend. Dann gab er ihm zwei Spritzen und setzte ihm eine Kanüle in den Handrücken.

„Er braucht dringend mehr Ruhe, verstehen Sie. Sorgen Sie dafür. Ich habe ihn erstmal ruhiggestellt. Lange wird das nicht mehr gutgehen, wissen Sie das? Sie wissen Bescheid, nehme ich an?“, wollte der Arzt wissen.

„Mmh“, murmelte Bob und nickte. Er schaute den Arzt besorgt an.

„Er wird lange schlafen. Kann er bei Ihnen auf dem Sofa bleiben?“, fragte der Arzt.

„Sicher“, antwortete Bob.

„Sorgen Sie für Ruhe in den nächsten Tagen. Er wird immer wieder solche Schübe bekommen. Immer häufiger.“

J.s Arzt beschrieb Bob in dieser Nacht den Krankheitsverlauf und wie viel Zeit J. höchstwahrscheinlich noch bleiben würde.

„Wissen Sie, Bob“, der Arzt erhob sich. „Ich wundere mich, dass Ihr Bruder bis jetzt noch nicht zusammengebrochen ist. Bei seinem Lebenswandel. Morgen früh werde ich noch mal nach ihm schauen. Dann wird er eine Aufbauspritze bekommen. Bis morgen dann. So gegen halb elf, denke ich.“

„Danke, Doc“, sagte Bob und begleitete J.s Arzt zur Tür. Er gab ihm die Hand. „Bis morgen.“

Bob blieb die ganze Nacht wach. Er saß in einem Sessel, las ein Buch und schaute immer wieder besorgt zu J. herüber. Wann würde Jay zurück sein? Als es anfing zu dämmern, schaute er wieder und wieder aus dem Fenster. Langsam wurde er nervös. Wo war Jay? Was sollte er ihr bloß erzählen, wenn sie wiederkam?

Nachdem Jay aus dem Auto geflohen war, ging sie am Strand entlang. Sie war aufgewühlt. Sowie sie aus dem Wagen gestiegen war, fing sie an zu weinen. Sie hätte die Tränen nicht länger zurückhalten können. J. sollte nicht sehen, wie sie anfing zu weinen. Endlich hatte er es ihr gesagt. Endlich hatte er es zugegeben. Kein „Du bist klasse“. Kein „Ich mag dich sehr“. Oder irgendeine andere Floskel. Sie war fassungslos.

Sie rannte. Sie rannte kilometerweit. Es war dunkel, doch da war der Sternenhimmel und der Vollmond leuchtete hell. Auf dem Meer waren überall Schiffe und kleinere Boote. Jays Augen hatten sich schnell an die Dunkelheit gewöhnt. Sie rannte Richtung Bootssteg. Dort konnte sie bleiben. Auf J.s Boot. Da würde man sie wahrscheinlich nicht vermuten und sie hätte ihre Ruhe, um nachzudenken.

Sie saß lange auf dem Deck des Bootes und schaute in die Nacht. Sie mochte das Meer fast so sehr wie J.

Bei ihm war es noch mal etwas anderes. Er hatte irgendwie eine ganz besondere Beziehung zum Meer.

Sie kuschelte sich in eine Wolldecke und schaute weiter gebannt in den Nachthimmel. Irgendwann ging sie in die Kajüte und legte sich hin. Zumindest ein paar Stunden würde sie schlafen. J. sollte sie nicht so verheult zu Gesicht bekommen. Morgen früh würde man ihr nichts mehr ansehen.

Morgens, als es anfing zu dämmern, wachte Jay auf und machte sich auf den Weg nach Hause. Es waren ja nur ein paar Meter. Als sie zu Hause war, konnte sie J. nirgends finden. Sie rannte hinüber zu Bob.

Bob erwartete sie bereits. Als er sie kommen sah, riss er die Tür auf und bedeutete ihr ruhig zu sein. Er bugsierte sie an seinem schlafenden Bruder vorbei in die Küche. Sie merkte sofort, dass etwas nicht stimmte. Sie sah die Kanüle in J.s Hand und die Stange, an der ein Tropfbeutel hing, neben dem Sofa, auf dem er schlief.

„Was ist passiert?“, fragte sie besorgt und schon schossen ihr Tränen in die Augen. Mit ihrer Fassung war es endgültig vorbei.

„Der Arzt war da. Es ging ihm immer schlechter, Jay. Es war furchtbar. Ich musste wirklich den Arzt verständigen. Ohne wäre es nicht gegangen.“

„Oh Gott. Was ist es denn diesmal?“, wollte Jay beunruhigt wissen. Sie schaute Bob mit großen Augen verstört an und wischte sich die Tränen ab.

„Jay … es war … es war wohl der Muscheltopf von gestern Abend. So ’ne Art Fischvergiftung“, stammelte Bob. „Wir können froh sein, dass es so glimpflich verlaufen ist und er nicht in die Klinik musste.“ Bob kratzte sich verlegen am Hinterkopf. Seine Frau hätte ihm die Schwindelei nicht so leicht abgekauft in diesem Moment. Er schwitzte innerlich Blut und Wasser.

Aber da Jay noch sehr aufgewühlt wegen des gestrigen Abends war, bemerkte sie nicht, wie nervös Bob war. Sie schob es wahrscheinlich darauf, dass er quasi die ganze Nacht nicht geschlafen hatte.

„Ich habe nur von dem Krabbencocktail gegessen …“, sagte Jay tonlos. Sie schaute Bob besorgt an. „Wann kommt der Arzt noch mal?“, wollte sie wissen.

„Nachher um halb elf“, erwiderte Bob matt. Jetzt merkte er, wie entsetzlich müde er war.

„Leg dich hin“, sagte Jay. „Ich lege mich auf das zweite Sofa und passe auf, falls er aufwacht. Ich bleibe bei ihm.“

Irgendwann morgens gegen acht Uhr wachte J. kurz auf. Er war vollgepumpt mit Medikamenten. Aber er realisierte, dass er in Bobs Wohnzimmer auf der Couch lag und auf der anderen Couch lag nicht sein Bruder. Bevor er wieder wegdämmerte, seufzte er: „Jay."

Ein Abend in einer Bar Mitte September 1963

Lyndon in Dallas

Er hielt mit seinem Wagen gegenüber einer Bar. Nach einer Geschäftsreise war er am späten Nachmittag auf dem Flughafen Love Field gelandet. Es wurde langsam dunkel. Überall liefen Menschen auf den Straßen herum. Das Vergnügungsviertel erwachte langsam zum Leben. Er zündete sich eine Zigarette an und schob so das Unvermeidliche noch ein paar Minuten künstlich vor sich her, bevor er den Wagen verließ.

Als er die Straße überquerte, fragte er sich, was er hier eigentlich machte. Es war alles so unrealistisch und nicht greifbar in diesem Augenblick. Ihm fiel nicht ein, wann er das letzte Mal hier gewesen war, obwohl er krampfhaft überlegte.

Er betrat das Nachtlokal. Es waren noch keine anderen Gäste anwesend. Dafür war es noch zu früh. Er trug immer noch seinen schwarzen Businessanzug und die schwarze Krawatte. Zum Umziehen war er nicht mehr gekommen. Er ging an der langen Bar entlang. Die Blicke der Bardame verfolgten ihn. Er grüßte sie nicht. Es roch noch wie früher. Nach kaltem Rauch und Bohnerwachs.

Der Mann setzte sich auf einen Barhocker, an die Stelle, wo er früher meistens gesessen hatte. Die Bardame wischte mit einem Tuch über die Theke und bereitete hinter der Bar alles für den Abend vor.

„Wir haben noch geschlossen. Die Bar öffnet erst später“, sagte die Bardame, ohne sich zu dem Mann umzudrehen.

„Ich möchte zu Rubinstein“, sagte der Mann an der Bar.

„Erwartet er Sie?“

„Das glaube ich kaum“, entgegnete er. „Ich werde hier warten.“

„Er kommt erst später, um bei der Show dabei zu sein. Er hält sich am liebsten im Hintergrund.“

„Sagen Sie, können Sie ihm ausrichten, dass ich hier auf ihn warte?“

„Warum sollte ich das tun, Mr. Johnson?“

„Sagen wir mal, der alten Zeiten wegen.“

Die Bardame schaute ihn vielsagend an und schüttelte den Kopf. „Der Satz zieht nicht, Sir.“

„Wie wäre es mit dem Satz: Ich weiß Bescheid!“, sagte er und schaute ihr direkt in die Augen.

„Was wollen Sie trinken?“, fragte sie. „Einen Whisky.“

Sie schenkte ihm einen Whisky ein. Einen irischen Whisky. Von der besten Sorte. Dann verließ sie die Theke und ging durch die Bar in den hinteren Teil des Raumes und durchschritt eine Tür. Allzu lange musste er nicht warten.

Ein Mann um die fünfzig kam durch die Bar. Er ging hinter die Theke, nahm sich ein Glas und goss sich einen Whisky ein. Er schaute den Mann an der Theke von der Seite an.

„Ich wusste, der Tag würde irgendwann kommen.“ Er setzte sich neben ihn. „Wie hast du es herausgefunden?“

„Das spielt keine Rolle, Jacob. Wieso habt ihr mir nie etwas gesagt?“

„Meine Schwester wollte es so. Du kennst sie nur zu gut. Die ist sowas von stur.“

„Ich hätte mich bestimmt nicht vor meiner Verantwortung gedrückt, wenn ich es gewusst hätte.“

„Meine Schwester wollte nicht deine Karriere ruinieren. Du wolltest mehr … kein Lehrer bleiben. Unsere Eltern waren sowieso immer gegen die Beziehung. Es kam so vieles zusammen.“

„Sie wollte nichts mehr mit mir zu tun haben. Von heute auf morgen. Keine Briefe. Keine Telefonate. Nichts.“

„Lyndon, ich wollte nur helfen …"
„Wo ist er?"
„Dein Sohn wird bald hier sein. Aber ich bitte dich, das Thema diskret zu behandeln. Überfall ihn nicht. Lyndon … Er weiß von nichts."
„Was?"
„Er weiß nicht, dass du sein Vater bist."
„Wie bitte?"
„Er denkt, sein Vater wäre im Krieg gefallen."
Lyndon wusste darauf nichts zu erwidern. Er starrte geradeaus in den Barspiegel, sein eigenes Bild an, bevor er sich seine Hände vor sein Gesicht legte. „Das auch noch", seufzte er vor sich hin.

Wenig später betraten zwei junge Männer die Bar. Der eine groß und schlaksig, mit dunkelbraunem Haar und braunen Augen. Der andere war klein, durchtrainiert und machte einen zähen Eindruck. Er funkelte die zwei Männer an der Bar mit seinen braunen Augen frech an.
„Lee, geh schon mal an die Arbeit", sagte Rubinstein. Er wandte sich an seinen Neffen. „Sam, ich möchte dir gern jemanden vorstellen. Das ist Mr. Johnson. Ein alter Bekannter", sagte Rubinstein zu seinem Neffen.
Sam gab Lyndon die Hand.
„Angenehm, sie kennenzulernen, Sir", sagte er kurz, dann ging er. Er drehte sich noch mal zu den zwei Männern um.
„Sam, warte bitte einen Moment. Ich möchte noch etwas mit dir besprechen. Setz dich da hinten hin, ja", sagte sein Onkel zu ihm. „Ich komme gleich zu dir."
Als Sam außer Hörweite war, sagte Jacob zu Lyndon: „Ihr habt so erschreckende Ähnlichkeit."
Lyndon nickte. „Es muss doch für dich sein, als würdest du in einen Spiegel schauen, Mann", sagte Rubinstein bestürzt.
„Darf ich es ihm sagen?"

„Meinetwegen“, antwortete Lyndon befangen und rang um seine Fassung in diesem Augenblick. „Oh Gott. Er heißt wie mein Vater.“

Rubinstein schaute ihn von der Seite an.

„Ich hätte nie gedacht, dass ich das mal erlebe: dich so fassungslos zu erleben. Übrigens ist er nicht nur äußerlich wie du“, stellte Jacob Rubinstein fest. „Sam schleppt mir hier jede verirrte Seele an, bekniet mich, ihnen eine Chance zu geben und hier arbeiten zu lassen. Kommt dir das irgendwie bekannt vor?“

Lyndon schaute Rubinstein an und zuckte mit den Schultern.

„Der Junge von vorhin. Lee. Der ist auch so einer. Katastrophal, echt“, stellte Rubinstein fest.

Lyndon steckte sich eine Zigarette an und schaute nachdenklich unter sich.

„Ich hätte da ein paar kleine, gut bezahlte Jobs. Nichts Aufwendiges. Flugblätter verteilen. Wie gesagt … keine aufwendige Sache. Das wär doch was für den Jungen … Wie heißt er noch?“

„Lee“, antwortete Rubinstein. „Hoffentlich bin ich den bald wieder los.“

„Wenn das gut und zuverlässig klappt und man sich auf ihn verlassen kann, hätte ich da vielleicht noch etwas anderes für ihn … Mal sehen.“

„Was anderes?“

„Ja. Das erkläre ich dir nachher.“ Er schaute immer wieder zu seinem Sohn. „Arbeitet er immer hier?“

„Nein. Jetzt nicht mehr. Er hat ein paar Jahre hier gearbeitet, um sich sein Studium zu finanzieren. Jetzt jobbt er nur noch gelegentlich bei mir.“

„Er studiert“, seufzte Lyndon erleichtert.

Ein Abend Ende September 1963

Mit Bob

Bob und J. waren zwischen zwei Terminen mal wieder, wie so oft, auf der Treppe, die zum Garten hinaus führte.

„Manche Gespräche sind so ermüdend, J. Ich frage mich wirklich manchmal, wie bei so viel Inkompetenz alles doch irgendwie funktioniert. Mit was man sich alles befassen muss! Und dann diese Ignoranz, die manche Leute an den Tag legen. Entsetzlich." Bob saß auf der Treppe und stützte seinen Kopf auf einer Hand ab. Der Tag hatte ihnen schon Einiges abverlangt. „Wie kannst du da nur so ruhig bleiben?"

„Ich denke momentan nur, dass diese Leute demnächst Lyndon am Hals haben werden. Er wird bestimmt entzückt sein, wenn er auch die Schattenseiten des Geschäfts kennenlernen wird. Er weiß gar nicht, wie gut er es noch hat. Ehrlich", grinste J. Bob an.

„Sag bloß, du bist auch noch schadenfroh! Ist das nicht echt schon makaber, J.? Du bist unglaublich", stellte Bob fest. Bob schaute seinem Bruder direkt in die Augen. „Du bist dir immer noch sicher, das alles so durchzuziehen, J.?"

„Sicher", gab ihm J. zur Antwort.

Bob schaute in die Ferne, bevor er die Augen schloss und ein Stöhnen unterdrückte. J. legte ihm seine Hand auf die Schulter.

„Hast du heute Abend schon etwas vor?"

„Nein, ich wollte nach Hause. Ich bin froh, nach dieser Woche, wenn ich zu Hause bin."

„Gehst du mit mir ins Kino?"

„Kino? In den Keller, J., oder in ein richtiges Kino?“, wollte Bob genauer wissen.

„Ins Kino“, antwortete J. und schaute Bob schmunzelnd von der Seite an.

„Wieso nicht? Nur wir zwei?“

„Ja, nur wir zwei.“

„Ja, gerne J.“, antwortete Bob. Er war froh um jede Minute, die er mit J. verbringen konnte. Ihm war egal, was im Kino gespielt wurde, wenn er nur Zeit mit J. verbringen konnte. Kostbare Zeit.

Sie schlichen sich im Halbdunkel ins Kino, während noch die Werbefilme liefen. Sie hatten Trenchcoats angezogen und ihre Hüte gingen ihnen tief in ihre Gesichter. Sie trugen graue Hosen, schwarze T-Shirts und schwarze Lederslipper. Sie setzten sich in die letzte Reihe.

„Ich habe das Buch gelesen“, flüsterte J. Bob ins Ohr.

„Oh, ich auch.“

„Mal sehen, wie Peck spielt. Er ist großartig.“

„Ich wollte ‚Wer die Nachtigall stört‘ unbedingt sehen.“

„Ja, ich auch.“

„Willst du auch etwas?“, fragte J. und reichte ihm seine Tüte Popcorn. „Aber futter mir nicht wieder alles weg!“, sagte J. gespielt vorwurfsvoll.

Bob schmiss mit einem Popcorn nach seinem Bruder. Dieser rammte ihm seinen Ellenbogen in die Seite.

„Fitz, spinnst du“, lachte Bob.

„Pscht, sei ruhig“, flüsterte J. und musste sein Lachen unterdrücken.

Der Film begann. Nach kurzer Zeit waren die zwei so sehr in den Bann des Films gezogen, dass sie um sich herum nichts mehr realisierten.

Hinterher blieben sie noch auf ihren Plätzen sitzen, bis sich der Kinosaal geleert hatte.

„Was für ein Film! Das Buch wurde großartig umgesetzt. Wirklich."

„Es war aber besser, vorher das Buch gelesen zu haben", sagte Bob.

„Und Peck. Der war in Hochform in diesem Film. Die ganzen Auszeichnungen haben sie nicht umsonst bekommen. Ich hätte ihn mir schon früher anschauen sollen. Wow", entgegnete J.

„Wollen wir?"

Sie erhoben sich und gingen hinaus. Als sie das Foyer des Kinos durchquerten, befassten sie sich gedanklich noch so mit den Eindrücken des Films, dass sie ganz vergaßen, ihre Hüte aufzuziehen. Sie schlenderten nebeneinander her, steckten immer wieder die Köpfe zusammen, diskutierten und gestikulierten mit den Händen.

Diese zwei Aufsehen erregenden Männer mit offenen Trenchcoats bemerkten in diesem Moment nicht, wie alle Anwesenden im Kinofoyer sich nach ihnen umdrehten oder sie verstohlen anstarrten.

Ein Freitagabend Anfang Oktober 1963

Im Flugzeug

Sie wollten an diesem Abend in die Oper. J. hatte noch nie viel für diese Art von Musik übriggehabt. Aber er wollte seiner Frau unbedingt eine Freude machen, da er wusste, wie sehr sich Jay dafür begeistern konnte. Er war an dem heutigen Tag wieder von einem Termin zum nächsten gehetzt. Noch nicht mal zu seiner Mittagspause mit ein wenig Ruhe war er heute gekommen. Gegessen hatte er auch kaum etwas. Seine Magengeschwüre machten ihm zu schaffen. Bevor er mit Jay in das Flugzeug stieg, ließ er sich von seinem Arzt noch mal behandeln.

„Ihre Blutwerte sind nahezu katastrophal, Sir. Ich habe heute Morgen die Resultate aus dem Labor bekommen. Sie brauchen mehr Ruhe. Unbedingt", sagte der Arzt besorgt. „Ich werde Ihnen noch ein Vitaminpräparat verabreichen. Am besten wäre es, Sie würden sich ein ruhiges Wochenende gönnen."

„Ich gehe nur mit meiner Frau in die Oper."

„Wo?", wollte der Arzt wissen.

„In die Met. Wir gehen in die Met."

„Die ist meines Wissens in New York", stellte J.s Arzt fest.

„Ja, natürlich", antwortete J. „Jetzt beeilen Sie sich etwas, Doc. In einer halben Stunde geht unser Privatjet."

„Sie sind einfach unverbesserlich", stellte sein Arzt mit einem Kopfschütteln fest. J. grinste ihn charmant an.

„Sie können ja mitkommen, um auf mich aufzupassen", scherzte J. und fing an zu lachen. „Schauen Sie mich nicht so an. Sie haben es ja bald geschafft."

„Sie haben wirklich keine Angst. Nicht die geringste. Wie kann man nur so sein? So nüchtern und kontrolliert …", sagte J.s Arzt. „Oder ist das nur Fassade?"

„Nein, nicht nur. Aber ich glaube an Gott und an mein Schicksal. Und wenn ich jetzt sterben werde, dann soll es auch so sein", antwortete J. Er schaute ihn von oben bis unten an. „Einen Anzug haben Sie ja schon an. Der geht. Aber haben Sie eine Fliege dabei?"

„Nein, wozu?"

„Was für eine Frage meinerseits! Fliege … Sie kommen natürlich mit in die Met", sagte J. pragmatisch. „Wir finden schon etwas für Sie. Nun kommen Sie doch. Jay wartet bestimmt schon."

Als sie sein Zimmer verließen, ging er noch mal kurz zurück, um seine Sekretärin anzurufen.

„Evelyn, wir brauchen noch eine Karte für die Met. In der Nähe unserer Sitzplätze, wenn es möglich wäre. Ich verlasse mich auf Sie." Er legte auf und trat hinaus auf den Flur.

Dort stand Jay neben dem Arzt, der versuchte, J.s Fliege anzulegen.

„Du siehst einfach umwerfend aus, Jay", sagte er zu seiner Frau und küsste sie kurz. „Wollen wir?" Er drehte sich zur Seite und bot Jay seinen Arm. „Der Flieger wartet, Madame."

Sie strahlte ihn bewundernd an.

J.s Arzt war von so viel Stil, Ausstrahlung, Mut und Lässigkeit so entsetzlich geschockt, dass er kurz davor war, seine Contenance zu verlieren. Wie J. mit der Situation als solches umging … Bewundernswert, fand der Arzt. In diesem Zustand so unterkühlt zu bleiben …

Kurz vor der Landung setzte sich J. neben seinen Arzt. Dieser verabreichte ihm noch eine Aufbauspritze, weil J. sich nicht allzu gut fühlte. „Na, Doc. Holen Sie ihr Giftbesteck hervor und spritzen mich fit für heute Abend."

„Das geht nicht immer gut. Ich habe es Ihnen schon mehrmals gesagt. Sie haben vorhin bereits zu viel bekommen“, flüsterte er, da Jay nichts von ihrem Gespräch mit anhören sollte.

Ihr Chauffeur wartete bereits auf dem Rollfeld, als sie ankamen. Sie würden pünktlich sein.

„Was schauen wir uns an, J.?“, wollte Jay wissen. „Das hast du mir noch nicht verraten.“

„Aida“, entgegnete J. Er sah etwas angestrengt aus. Er hatte nicht so frische Farbe im Gesicht wie sonst unter seiner Sonnenbräune. Er seufzte.

„Hast du Schmerzen?“, fragte Jay etwas besorgt.

„Bauchschmerzen“, sagte J. „Aber nicht schlimm, mach dir keine Sorgen.“

Sein Arzt schaute ihn nervös an.

„Ich habe alles dabei, Sir“, sagte der Arzt zu ihm.

„Die drei Stunden schaffe ich auch noch. Lasst uns einen wunderbaren, kultivierten Abend verleben. Er wird eine Sternstunde sein, vor allem für mich“, grinste J. seine Frau an.

„Banause“, entgegnete sie mit einem amüsierten Lächeln. Sie wusste natürlich, wie sehr er die Oper verabscheute und nur wegen ihr diesen Abend über sich ergehen ließ.

Ohne Vorankündigung kollabierte J. im Gang seines Privatjets auf dem Rückflug. Als er wieder zu sich kam, lag er in seinem Bett in Washington. Er hatte erneut eine Kanüle gesetzt bekommen und hing am Tropf.

„Jay“, seufzte er. Sie lag neben ihm und schlief. „Jay!“, sagte er etwas energischer.

Sie schreckte hoch und schaute ihn entsetzt an.

„J., oh Gott. Du bist wach. Diesmal habe ich wirklich gedacht, du stirbst. Wie du da lagst und dich gekrümmt hast. Dein ganzer Körper verkrampfte sich, J.“

„Was?“

„Hast du denn gar nichts mehr mitbekommen?“

J. schüttelte noch etwas benommen seinen Kopf und sagte nichts. Er schloss die Augen.

„J., du hattest wohl eine Überreaktion auf deine ganzen Medikamente. Das hat jedenfalls dein Arzt behauptet. So was wie einen allergischen Schock. J. … Ich weiß, dass der Mann eine Kapazität auf seinem Gebiet sein soll, aber … ob er wirklich der Richtige für dich ist, wage ich wirklich zu bezweifeln“, stellte Jay fest.

„Der, den wir davor hatten, hat gar nichts getaugt“, wisperte J. „Das war ein Giftmischer, Jay. Der hat mich nur mit Drogen vollgedröhnt. Nein, Jay. Dieser hier ist absolut integer und loyal. Er ist ein absoluter Glücksfall, glaub mir, Jay.“

Jay küsste ihn vorsichtig und nahm ihn in den Arm. „Aber noch so ein Anfall und ich schleppe dich durch alle Fachkliniken des Landes.“

„Das kommt gar nicht infrage!“

Ein Abend Mitte Oktober 1963

Am Strand

Sie saßen abends auf ihrem Felsen am Meer. „Was hast du bloß mit ihr angestellt?“, wollte J. wissen.

„Ich habe dir doch schon am Lake Winnipesaukee gesagt, Momo hat für jedes Problem einen Spezialisten. Du hörst nie zu und du lässt mich niemals ausreden, J. Außerdem war ich so aus der Bahn geworfen, wegen deines Vorhabens … Also … Momos Mann war ganz diskret, hatte einen Koffer mit 250.000 Dollar dabei und hat ihr ein Angebot gemacht, was sie unmöglich hätte ablehnen können. Er war sicherlich etwas nachdrücklicher und brauchte Überredungskunst bei ihr, aber … na ja. Momo und ich warteten in seinem Wagen um die Ecke. Nach einer guten Stunde kam der Mann zurück und versicherte uns, er hätte den Auftrag wunschgemäß erledigt. Da sahen wir sie. Wenige Minuten später. Sie hatte diesen kleinen, weißen Hund an der Leine, um wohl noch mal abends mit ihm spazieren zu gehen. Du weißt doch, diese kleine Fellwanze, die sie von Francis geschenkt bekommen hatte. Also … sie tippelte auf den Wagen zu, klopfte ans Fenster und forderte mich auf, das Fenster herunterzukurbeln. Was soll ich dir sagen … Sie warf mir den Koffer ins Auto und zischte verachtend, ich solle zur Hölle fahren und du auch. Dann ging sie …“

„Ja, und dann?“, wollte J. wissen.

„Was dann?“, fragte Bob. „Was habt ihr dann gemacht?“

„Wir sind gefahren.“

„Was?“

„Wir sind gefahren“, sagte Bob nochmals.

„Du hast sie nicht umbringen lassen?“

„Sag mal, J.: Du glaubst doch wohl nicht, dass ich für dich zum Mörder werde?“ Bob starrte J. an, als hätte er einen Geisteskranken vor sich. „Bist du jetzt wirklich nicht mehr zurechnungsfähig? Ich schreibe das jetzt mal deinen Medikamenten zu, dass du offensichtlich nicht mehr ganz Herr deiner Sinne bist, mein Lieber.“

„Ach, und ich dachte …“, fing J. den Satz an und wurde von Bob jäh unterbrochen.

„Ich bin Rechtsanwalt, Vater von acht Kindern und streng katholisch erzogen. Ich war Messdiener, Herrgott noch mal. Ich bin Justizminister … Dass du mir so etwas zutraust. J., das sage ich dir. Das war das letzte Mal … Das letzte Mal, dass ich für dich so etwas auf mich genommen habe!“

„Darf ich dich daran erinnern, dass du mir versprochen hast, mir bis zum Ende beizustehen“, grinste J.

„Jetzt grins mich nicht noch so frech an“, schnaubte Bob.

J. besann sich und war einen Augenblick still.

„Bob, ich bin froh, dass du es nicht warst, wirklich“, seufzte J. und strich sich durch die Haare.

„Was hat denn Momo zu dir gesagt, in der Nacht?“, wollte Bob von ihm wissen.

„Er hat nur gesagt, dass ich es niemals erfahren sollte. Und dann wollte er von mir wissen, wer es denn diesmal wäre.“

„Das ist ja mal wieder typisch. Was soll man denn damit anfangen? Was ist das für eine Aussage? Ich weiß ja nicht, was er in dieser Nacht noch gemacht hat, aber ich nahm den Geldkoffer und begab mich auf den Rückweg“, versicherte Bob. „Einen Auftrag habe ich ihm nicht erteilt. Sie haben mich zum Flughafen gefahren und ich nahm unseren Privatjet.“

„Wer war es denn dann ?“, fragte J. und runzelte die Stirn.

„Ich weiß es wirklich nicht. Vielleicht war sie es tatsächlich selbst, so konfus wie sie war“, stellte Bob fest. Sie gingen nebeneinander am Strand entlang.

„Eine ganze Weile hat Jay gedacht, du wärst es gewesen."

„Was?"

„Ja, natürlich. Was meinst du denn, warum sie letztes Jahr so eine entsetzliche Phase hatte, mit zu vielen Tabletten? Wegen dir!"

„Meine Frau denkt, ich bin ein Mörder? Bob, das ist nicht dein Ernst. Bob, du musst das klarstellen, ja", stammelte J. aufgebracht.

„Ich habe mit ihr geredet. Ich habe wirklich mehrmals mit ihr geredet. Reg dich nicht auf, das ist nicht gut, in deinem Zustand", versuchte ihn Bob zu beruhigen und ärgerte sich innerlich, dass er J. überhaupt etwas gesagt hatte.

„Wenn wir Glück haben, kriege ich auf der Stelle einen Herzschlag und liege hier am Strand. Ja, das hätte auch was", schrie J. seinen Bruder an.

„Sei ruhig, J., bitte", sagte Bob nervös. „Nicht, dass du wieder einen Zusammenbruch erleidest."

„Jay soll mich anders in Erinnerung behalten. Ich bin kein Mörder, Bob", stammelte J. Er fing an nach Luft zu ringen. Er bekam Atemnot. Panik stieg in ihm auf. J. zog sein Asthmaspray aus der Hosentasche. Er inhalierte mehrmals tief. Es dauerte einen Moment, bis das Mittel wirkte.

„Sie liebt dich, J. Und nur darauf kommt es an."

„Nein, nicht ausschließlich …", sagte J. nachdrücklich und schaute gedankenverloren auf das Meer hinaus.

An Halloween, 31. Oktober 1963

Unterwegs mit Bob

Sie hatten sich sehr früh auf den Weg begeben, um nicht allzu spät in Charlottesville anzukommen. Sie wollten nach Monticello. Dem Wohnsitz von Thomas Jefferson. Es war ein außergewöhnlicher Ort eines außergewöhnlichen Mannes.

Monticello war ein imposanter Backsteinbau mit weißen Steinsäulen und weißen Fernstern, die von grünen Windläden eingerahmt wurden. Es war ein großzügiges, herrliches Anwesen mit altem Baumbestand, auf einem Hügel gelegen.

Die Straße wand sich durch eine erhabene Landschaft. Hier in der Gegend um Monticello war J. schon früher immer gern gewesen. Die Entfernung von Washington aus war nicht so groß, sodass man gut einen Tagesausflug einplanen konnte.

An diesem Ort überfiel J. Ehrfurcht und Demut. Jedes Mal wieder. Was hatte dieser Mann geleistet! Niemand würde je wieder als Staatsmann so bedeutende Dinge für dieses Land leisten wie dieser intelligente, herausragende Mann, dessen war sich J. sicher. Ihm war egal, welcher politischen Partei, dessen Mitbegründer er gewesen war, er angehörte. J. sah immer zuerst den Menschen. Er hatte nie Probleme damit gehabt, Leistung anzuerkennen, auch wenn ihm die Parteizugehörigkeit nicht zusagte. J. hatte viele Freunde, die manche Dinge aus einem anderen Blickwinkel betrachteten. Er lehnte das nicht kategorisch ab, sondern setzte sich damit auseinander. So hatte er schon viele interessante Abende verbracht. Mit scharfsinnigen Gesprächen und immer wieder neuen Impulsen, die Dinge auch mal von einem anderen Standpunkt aus zu betrachten.

Sie hatten ihr Kommen angekündigt. So war es für J. und Bob kein Problem, außerhalb der Öffnungszeiten von Monticello sich das ganze Gebäude in Ruhe anzuschauen. Sie wurden bereits erwartet.

„Wenn Sie mehr Informationen über das Anwesen haben möchten, wenden Sie sich jederzeit an mich“, ließ sie der ältere Mann wissen, als er sie in Empfang nahm.

J. wusste natürlich einiges, aber er sagte nichts. Er musste an Jay denken, die höchstwahrscheinlich aus dem Stegreif heraus so viel über Monticello hätte sagen können, dass selbst ihr Fremdenführer für den heutigen Tag sprachlos gewesen wäre.

„Wenn Sie es wünschen, mache ich selbstverständlich eine Führung mit Ihnen. Sie werden auch Räume in Augenschein nehmen können, die der Öffentlichkeit im Normalfall nicht zugänglich sind, Sir.“ Er verbeugte sich vor J. und Bob und wartete auf weitere Anweisungen. Da er schon etwas älter war, hatte er Probleme, sich wieder ohne Weiteres gerade aufzurichten. Er ächzte etwas, als er es geschafft hatte. Der Mann trug einen dunkelgrauen Anzug, eine Krawatte und schwarze Schuhe. Seine fast schon weißen Haare standen ihm wild vom Kopf ab. Er machte den Eindruck eines verwirrten Professors.

„Wissen Sie, am liebsten bin ich bei den Büchern. Eine herausragende Privatbibliothek hatte dieser Mann. Wirklich. Oh … äh“, räusperte er sich. „Wo möchten Sie beginnen, Sir?“, fragte der Mann ganz beflissen und verbeugte sich erneut.

„Das überlassen wir ganz Ihnen. Ich denke, das Beste heben wir uns bis zum Ende Ihrer Führung auf“, entgegnete J.

„Das Beste?“, fragte der Mann nach.

„Die Bibliothek“, lächelte J.

„Oh ja, Sir. Natürlich, Sir. Wenn Sie mir nun bitte folgen würden."

Der Mann war ein wandelndes Geschichtslexikon. Und er wusste auch den Rundgang durch einige Anekdoten auszuschmücken, sodass der unterhaltsame Teil ebenfalls nicht zu kurz kam. Der Mann war so in seinem Element, dass er nach einer Weile gar nicht mehr zu realisieren schien, mit wem er diesen Rundgang überhaupt machte. Ein um das andere Mal mussten sich J. und Bob ein Lachen verkneifen, ob der Situationskomik ihres Museumsführers. Anschließend verbrachten sie noch mehrere Stunden in der Bibliothek Monticellos und ließen sich einige seltene, kostbare Bücher zeigen.

„Wollen Sie, dass ich Sie in den Garten führe?", fragte der Mann höflich.

„Natürlich möchten wir den Garten sehen", entgegnete Bob. „Den Garten und den Friedhof, wenn es möglich wäre", sagte J.

„Oh Sir, der Friedhof ist normalerweise verschlossen. Aber natürlich machen wir für Sie eine Ausnahme."

Es war ein schöner Herbsttag. Die Sonne schien noch verhältnismäßig warm an diesem Tag. Aber man konnte schon erahnen, dass es bald den ersten Frost geben würde. Fast das ganze gelborangene Laub war von den Bäumen abgefallen. Und wenn ein Windhauch zu spüren war, flogen immer wieder vereinzelt Blätter zu Boden. Es hatte sich noch niemand die Mühe gemacht, den Rasen und die Beete davon zu befreien. Alles lag unter einem raschelnden Blätterteppich, als sie darüber hinwegschritten.

„Schade, dass Sie zu dieser Jahreszeit hierhergekommen sind. Im Frühsommer ist der Garten am schönsten und dann das wunderbare satte Grün der Bäume", stellte der alte Mann fest.

„Hier ist es zu jeder Jahreszeit besonders", sagte J. und lächelte den Mann an, der sich darüber zu freuen schien.

Sie gingen in Richtung des Friedhofs im Wald.

„Es ist der schönste private Friedhof, den ich je gesehen habe“, schwärmte J. „Erzählen Sie uns etwas über die Personen, die hier ihre letzte Ruhe gefunden haben, bitte“, forderte J. den alten Mann auf, der sichtlich von Bob und J. angetan war.

Er hatte sich den Tag mit ihnen beiden etwas anders vorgestellt. Er merkte, dass J. und Bob wirkliches Interesse an Monticello hatten.

Nachdem er ihnen einiges erklärt hatte, setzten sie sich auf eine alte Holzbank. Der alte Mann merkte, dass sie eine Weile allein sein wollten, und entfernte sich. Sowie er außer Reichweite war, nahm J. eine Packung Tabletten aus seiner Jackentasche.

„So schlimm?“, wollte Bob wissen.

J. nickte und schaute ihn vielsagend an.

„Ist es so schlimm wie jetzt neulich?“

J. schüttelte den Kopf und fasste sich in die Seite. „Ich habe noch mal andere Tabletten bekommen.“

„Schaffst du's bis zum Auto?“

„Ja. Lass uns noch ein wenig hier sitzen bleiben, o.k. Sie wirken bald“, entgegnete J.

Bob legte ihm seine Hand auf die Schulter.

J. zog ein Fünfcentstück mit dem Konterfei Thomas Jeffersons aus seiner Brusttasche und schaute es lange an.

„Was hast du da?“, wollte Bob von ihm wissen.

„Mein Fünfcentstück“, antwortete J.

„Ein Fünfcentstück?“

„Ja, ich habe es am Strand gefunden. Da war ich sieben. Ich habe die Münze immer aufgehoben. All die Jahre.“ Bob schaute ihn erstaunt an. „Schau nicht so. Was denkst du? Ich bin ein abergläubischer Ire“, grinste J.

Er nahm das Geldstück, ging zu dem Obelisken von Jeffersons Grab und steckte sein Fünfcentstück in eine kleine Spalte, sodass es nicht mehr zu sehen war.

„Heute ist Halloween und morgen Allerheiligen. Er war der dritte Präsident und ich habe noch drei Wochen. Ich fand, es wäre eine gute Idee“, sagte J. eher zu sich selbst als zu Bob und legte eine Hand auf den Grabstein Jeffersons.

Bob umarmte ihn wortlos.

Auf dem Heimweg schaute J. die ganze Zeit aus dem Fenster. Immer wieder sahen sie auf der Rückfahrt schöne alte, weiß gestrichene Holzhäuser, auf deren Treppen oder in deren Vorgärten Kürbisse dekoriert waren. Hier und da kamen sie an einem Kürbisfeld vorbei. Diese leuchteten in ihrem satten Orangeton in der schimmernden Abendsonne.

„Es ist wunderschön, nicht war“, sagte J.

„Heute war für mich ein ganz besonderer Tag, J. Danke“, sagte Bob ergriffen. Er war oft melancholisch in letzter Zeit.

J. gab ihm keine Antwort und schaute weiter gebannt aus dem Fenster.

„I have a rendezvous with Death
At some disputed barricade,
When spring comes back with rustling shade
And apple-blossoms fill the air –
I have a rendezvous with Death
When Spring brings back blue days and fair …“

‚Nicht noch das Gedicht von Alan Seeger!‘ Innerlich bäumte sich alles in Bob auf. Seine Kehle schnürte sich mehr und mehr zu. „J., bitte …“, flüsterte Bob.

„It may be he shall take my hand
And lead me into his dark land
And close my eyes and quench my breath –
It may be I shall pass him still.
I have a rendezvous with Death
On some scarred slope of battered hill,

When spring comes round again this year
And the first meadow-flowers appear.
God knows 'twere better to be deep
Pillowed in silk and scented down,
Where love throbs out in blissful sleep,
Pulse nigh to pulse, and breath to breath,
Where hushed awakenings are dear ...
But I've a rendezvous with Death
At midnight in some flaming town,
When spring trips north again this year,
And I to my pledged word am true,
I shall not fail that rendezvous."

„Fitz, bitte Fitz ...", stammelte Bob mit tränenerstickter Stimme. „Ich kann nicht mehr ..."

„Bei Gott, Bob. Ich kann auch nicht mehr. Ich bin froh, wenn alles vorbei ist", flüsterte J.

Eine Nacht im Juni 1962

Fahrt mit Jay

Nachts um drei Uhr weckte J. seine Frau. Er streichelte ihr über den Rücken und küsste sie am Hals.

„Komm, Jay! Ich habe eine Überraschung für dich. Komm schon!"

Schlaftrunken wankte sie ins Badezimmer. Er konnte so umwerfend sein. Selbst um diese Uhrzeit.

„Zieh dir etwas Unauffälliges an. Wir machen einen Ausflug."

„Ganz allein?"

„Ja", sagte er und küsste sie.

Als sie sich kennenlernten, war sie die Erste, bei der er sich je anstrengen musste. Es war irgendwie anders als mit den anderen. Er wollte ihr unbedingt gefallen. Dinge, die anderen Frauen imponierten, interessierten sie überhaupt nicht. Sie zeigte ihm sogar die erste Zeit die kalte Schulter.

Sie war ihm in vielen Dingen überlegen. So empfand es J. jedenfalls. Einfallsreich, gut informiert und selbstbewusst. Sie machte einen unabhängigen Eindruck.

Jay besaß alle Bände von Weltliteratur, die man sich nur vorstellen konnte, und hatte sie natürlich auch gelesen. Sie war unglaublich, hörte klassische Musik oder französische, melancholische Lieder. Jay half ihm sogar bei seinen Reden und er schätzte ihre Meinung zu den verschiedensten Themen.

Nach Schwierigkeiten in der Vergangenheit war ihm klar geworden, dass es ohne sie nicht ging. Nichts würde mehr funktionieren, wenn sie ihn verließ.

Um halb vier saßen sie im Wagen. Im Radio lief „In the still of the night“. J. fuhr mit Jay nach Chincoteague, einer vorgelagerten Insel, nicht weit von Washington entfernt. Die 138 Kilometer waren gut zu bewältigen. Bis zu seinem Termin um halb zwölf würden sie wieder zurück sein. J. fuhr selbst.

„Nun sag schon: Wo fährst du mit mir hin?“, wollte sie wissen.

„Überraschung“, flüsterte er und schaute sie aus dem Augenwinkel an.

Sie hatte ihre linke Hand auf seinen Oberschenkel gelegt und seine rechte Hand hielt Jays fest, bevor Jays Hand anfing zu wandern.

Eine Fahrt in der Kühle der Nacht. Jay lag auf der Rückbank, um noch ein wenig zu schlafen. J. summte die Lieder aus dem Radio leise mit. Unfassbar. Ein paar Stunden Normalität.

Um viertel vor sechs waren sie da. Er hielt auf einer Holzbrücke an. Vorsichtig weckte er Jay, um gemeinsam mit ihr den wunderschönen Sonnenaufgang zu genießen. Sie lehnten sich aneinander und J. legte seinen Arm um Jay. Sie genossen die Stille.

„Wo sind wir eigentlich?“, wollte Jay erneut wissen.

„Irgendwo in der Nähe der Küste“, gab ihr J. zur Antwort. Er küsste sie, bevor er ein paar Tabletten schluckte. Dann startete er den Motor und fuhr weiter. Nach einer Weile passierten sie zwei Gatter. J. stieg jedes Mal aus, öffnete das Gatter, fuhr hindurch und dann schloss er es wieder.

Nach einer kurzen Strecke kamen sie an einem Parkplatz an. J. stoppte den Wagen und stieg aus. Er streckte sich kurz nach der langen Fahrt, ging um den Wagen herum und öffnete den Kofferraum. Er nahm eine große Picknickdecke heraus. Eine Wolldecke für Jay und einen großen Picknickkorb.

Auf einer Dünenerhöhung war eine neue Aussichtsplattform errichtet worden. „Hilfst du mir mal bitte“, sagte J. und ging mit der großen Picknickdecke und dem Korb die Stufen Richtung Aussichtsplattform hoch.

Jay nahm die Wolldecke und folgte ihm. J. ging noch mal zurück zum Auto und holte eine Ledertasche, die im Fußraum gelegen hatte. In ihr befand sich ein großes, schweres Fernglas. J. hatte es als Kind von seinem Opa geschenkt bekommen. Damals konnte er es kaum halten, so schwer war es für ihn. Jetzt hängte er sich die Tasche um die Schulter und ging zurück zu Jay.

‚Hoffentlich haben wir Glück und das Fernglas erfüllt seinen Zweck', dachte J. bei sich.

Jay hatte unterdessen schon angefangen, den Picknickkorb auszupacken. Auf die Sitzbank hatte sie die dicke Picknickdecke gelegt. Als sich J. neben sie setzte, legten sie sich die Wolldecke um die Schultern und begannen zu frühstücken.

„Hier ist es wunderbar", stellte Jay fest und man merkte ihr an, dass es ihr hier wirklich gefiel.

J. entnahm der Ledertasche das große Fernglas und suchte zwischendurch immer wieder nach allen Seiten die Dünen und den Strand ab.

Zwischendurch sah er Jay mehrmals von der Seite an. Ungeschminkt, in ihrem grauen, groben Wollpullover sah sie, wie er fand, einfach umwerfend aus. Er war so auf Jay fixiert, dass er fast die Wildpferde zu spät bemerkte.

„J., was wolltest du mir eigentlich hier draußen am frühen Morgen zeigen?", flüsterte Jay zwischen zwei leidenschaftlichen Küssen.

„Mmh. Ach ja. Moment", stammelte J. und schaute nochmals durch sein Fernglas. Dann reichte er es Jay hinüber und zeigte hinunter zum Strand. Während sie durch das Fernglas schaute, schob ihr J. ihren Pullover hoch und liebkoste ihre Brüste.

„Oh J., du bist wirklich verrückt", seufzte Jay und legte das Fernglas zur Seite, um ihn zu küssen.

In der Morgensonne galoppierten zehn Wildpferde am Strand entlang. Sie kamen in ihre Richtung. Wasser spritzte um sie her und ihre Mähnen wehten im Wind.

An diesen außergewöhnlichen Morgen mit Jay musste J. denken, als er allein mit seinem Auto in die Nacht fuhr. Er verließ Boston in nordöstlicher Richtung. Er erinnerte sich noch an jedes Detail.

Ein Abend Anfang November 1963

In der Kirche

Sie trafen sich an einem Freitag. Nachts, vor einer alten, weißen Holzkirche nordöstlich von Boston.

„Ich habe deine Nachricht erhalten. Es ist nicht vorteilhaft, wenn man uns zusammen sieht. So oft können wir uns nicht mehr treffen, Jack."

„Das wird auch nicht nötig sein, glaub mir."

Sie gaben sich zur Begrüßung die Hand. Der Seiteneingang der Kirche war nicht verschlossen. Sie traten ein, beteten kurz jeder für sich, zündeten eine Kerze an und setzten sich dicht nebeneinander in die erste Reihe.

J. gab Momo einen braunen Umschlag.

„Seid vorsichtig. Denk auch an meine Leibwächter. Sieh zu, dass ihnen nichts passiert", beschwor J. Momo. „Nimm deine besten Leute. Es darf niemand anderem etwas zustoßen. Vor allen Dingen auf gar keinen Fall meiner Frau. Und hörst du … Ich will nicht leiden. Es muss schnell vorbei sein."

Er tippte auf den Umschlag in Momos Händen.

„Darin ist der Stadtplan mit der Route, die wir nehmen werden, enthalten."

Momo schaute ihn von der Seite an.

„Dir ist es wirklich ernst, oder?", fragte ihn Momo nachdrücklich.

J. saß nach vorn gebeugt und hatte seine Ellenbogen auf den Oberschenkeln abgestützt. Seine Hände waren gefaltet. Er schaute Momo direkt in die Augen.

„Ja", gab ihm J. zur Antwort.

„Weißt du, zuerst dachte ich, du weißt nicht, was du da von mir verlangst. Aber mittlerweile glaube ich, dass du genau weißt, was du tust."

Sie saßen einen Moment schweigend nebeneinander.

„Und ich bin weiß Gott der Falsche, um dir diese Aktion wieder auszureden", sagte Momo und legte J. seine Hand auf die Schulter.

„Was ist dein Preis?", fragte J. ernst.

„Ich habe keinen Preis, Jack", seufzte Momo. „Weißt du … bei deinem Vater war das anders. Der war nur freundlich, wenn er etwas von einem wollte. Der machte sich niemals selbst die Finger schmutzig. Du bist anders. Du bist mein Freund. Ein wirklicher Freund." Er machte einen tiefen Atemzug. „Jack, betrachte es als Freundschaftsdienst. Das wird unser Meisterstück. Und niemand wird je etwas erfahren."

Sie schwiegen eine Weile, bis Momo das Gespräch wieder aufnahm.

„Du wirst unsterblich sein. Eine unsterbliche, blendende Ikone. Noch Jahrzehnte später werden Frauen von dir entzückt sein und Männer ehrfurchtsvoll von dir sprechen. Ach, was sage ich … wahrscheinlich noch in hundert Jahren … Mit deinem Charme und deinem Aussehen wirst du nicht irgendein Präsident sein. Du wirst der Präsident sein."

J. musste unfreiwillig vor sich hin schmunzeln. Und er war froh, dass Momo ihn in diesem Moment nicht anschaute. Aufgrund seiner starken Rückenschmerzen konnte er kaum noch sitzen. Er musste an seinen Arzt denken.

„Man kann einigen Leuten einige Zeit etwas vormachen, aber nicht allen Leuten alle Zeit!", sagte J. bedeutungsvoll.

„Dann werden wir alles tun, zumindest den meisten Leuten eine sehr lange Zeit etwas vorzumachen, Jack."

Sie standen auf, umarmten sich und verließen die Kirche. J. fuhr mit der beruhigenden Gewissheit zurück nach Boston, dass er sich voll und ganz auf Momo verlassen konnte.

Ein Morgen Anfang November 1963

Gespräch mit dem Arzt

Sie trafen sich in Boston, um allein zu sein. Nachdem sein Arzt ihn an diesem Morgen einer gründlichen Untersuchung unterzogen hatte, saßen sie nun in seinem Behandlungszimmer und besprachen die weiteren Schritte.

„Wie lange schaffe ich es noch?", wollte J. wissen. „Sie müssen mich nur noch drei Wochen stabil halten, Doc. Werden wir das mit Ihren Spritzen hinbekommen?"

„Sie sind immer noch entschlossen, Ihren wahnsinnigen Plan in die Tat umzusetzen?"

„Ja", sagte J. schlicht und schaute seinen Arzt durchdringend mit seinen blauen Augen an. „Doc, wenn etwas schiefgeht und ich nur schwer verletzt werde, schießen Sie mich mit einer Ihrer Spritzen weg."

„Wissen Sie, was Sie da von mir verlangen?", entgegnete sein Arzt. „Das werde ich nicht tun. Hoffen Sie darauf, dass Ihr Vorhaben so funktioniert wie geplant. Ich sollte davon nichts wissen … Alles andere werde ich so ausführen, wie wir es besprochen haben. Aber ich werde nicht zum Mörder. Auch nicht für Sie, Sir", sagte J.s Arzt ganz entschieden. „Ich habe einen Eid geschworen. Und den gedenke ich nicht zu brechen." Es entstand eine Pause, bevor er fortfuhr. „Sie haben doch auch einen Eid geschworen und haben immer nur das Beste für Ihr Land getan und gewollt. Was Sie privat veranstaltet haben, steht auf einem anderen Blatt. Aber für Ihr Land haben Sie viel getan."

Sie schauten sich schweigend an.

„Werden Sie Ihre Frau über alles in Kenntnis setzen, Jack?“, wollte sein Arzt zum wiederholten Mal von ihm wissen.

„Nein. Das habe ich bis jetzt nicht. Und ich werde es auch nicht tun. Was wäre das für ein Schock. Sie hat den Tod unseres kleinen Sohnes noch nicht überwunden und wird es wahrscheinlich ihr ganzes Leben nicht. Dann könnten wir sie sofort in eine Klinik einweisen lassen, wenn ich ihr nun auch noch die Wahrheit über meinen Gesundheitszustand mitteilen würde. Geschweige denn, was die anderen Pläne betrifft“, sagte J. energisch.

Er erhob sich, um aus dem Fenster zu schauen. Der Arzt sollte nicht bemerken, wie verzweifelt J. selbst war. Nicht wegen sich. Aber er hatte mit dem Verlust von Patrick zu kämpfen und machte sich große Sorgen um Jay.

Aber er hatte seine Entscheidung für sich getroffen. Es gab keinen Weg zurück. Das war für J. ausgeschlossen.

Jay hatte ihre zwei Kinder. Die würden sie über das Schlimmste hinwegtrösten.

Die Familie war für sie da und finanziell war sie so abgesichert, dass sie sich niemals um ihre Existenz Sorgen zu machen brauchte. Aber das mit Patrick hätte nicht passieren dürfen. Niemals.

„Sie sind im Bilde, Doc. Jederzeit in der Lage einzugreifen und gut vorbereitet. Es wird keine Komplikationen geben. Ich verlasse mich auf Sie.“ Er gab seinem Arzt zum Abschied die Hand. „Wir sehen uns heute Abend zur Spritze. Ich danke Ihnen.“

Dann verließ er die Praxis.

Ein Segeltörn am 17. November 1963

J. und Bob auf dem Meer

„Bob, morgen möchte ich mit dir segeln gehen. Ich wünsche mir so sehr, noch mal das Meer zu genießen. Die Gischt, die einem ins Gesicht spritzt, der Wind auf der Haut, dass man Gänsehaut bekommt …"

„Ich werde da sein J. Um wie viel Uhr?", wollte Bob am Telefon wissen.

„Morgen früh um fünf", sagte J.

„Ist gut. Zum Sonnenaufgang werden wir bereits auf See sein. Wir treffen uns am Steg. Ich bin pünktlich."

„Danke, Bob." J. legte den Hörer auf.

Bob hatte das Gespräch so kurz wie möglich gehalten. J. sprach auch nur das Nötigste. Obwohl sie die letzten Tage noch mehr zusammen am Telefon gesprochen hatten als sonst. Sie waren froh, die Stimme des anderen zu hören.

J. war seinem Bruder so dankbar, dass er für ihn da war. Aber es machte keinen Sinn, in Mitleid zu zerfließen. Sich aneinander zu klammern, um sich Sentimentalitäten hinzugeben, war auch der falsche Weg, dachte J. in diesem Augenblick.

Sie würden zusammen einen phänomenalen Tag auf See verbringen.

Er bewunderte Bob. Für das, was er die letzten Jahre geleistet hatte. Für seine Gradlinigkeit. Bob war willensstark und hatte so einen Mut. Er hatte ihn oft gerettet. Bob hatte J. ein um das andere Mal vor Jay ein Alibi gegeben, um ihm hinterher seine Meinung zu sagen. Wie oft hatte Bob ihm ins Gewissen geredet.

Er freute sich auf den morgigen Tag. J. war es wirklich wichtig, nochmals mit Bob einen Tag allein zu verbringen. Er war der wichtigste Mensch in J.s Leben. Wer hätte das früher für möglich gehalten!

J. war sehr gefestigt und hatte keine Zweifel, dass es für ihn der richtige Weg war. Er hatte in letzter Zeit täglich mit Patrick in Irland telefoniert. Letzten Sonntag hatte er mit Jay einen Gottesdienst besucht. Seit Patricks Tod ging Jay sehr oft in die Kirche. Er trug seinen Rosenkranz fortwährend in seiner Hosentasche bei sich. Er fühlte sich bereit und empfand mehr und mehr Erleichterung, je näher er dem Termin in Dallas kam.

Wie so oft nahm J. den Helikopter, um nach Cape Cod zu kommen. Er konnte es kaum erwarten, sein geliebtes Meer zu sehen. Er kam abends spät zu Hause an. Nachdem er sich sofort umgezogen hatte, ging er mit seinen Hunden am Strand spazieren. Der Vollmond schien hell, J. hing seinen Gedanken nach und atmete die frische Meeresluft tief ein.

Bob war pünktlich. Sie segelten hinaus. Die erste Zeit war Bob eher wortkarg, bis J. die Stille unterbrach, um ihm eine Frage zu stellen.

„Meinst du, Gott macht sich über uns lustig?“

„Er macht sich lustig?“

„Ja, schau doch mal diesen wundervollen Sonnenaufgang. Wir blicken nur auf Leid und Elend. Und er lässt einfach die Sonne aufgehen und wir kommen uns in diesen Momenten vor wie ein kleines Nichts. Und es ist so, als wollte er über uns lachen und uns zeigen, wie unbedeutend wir und unsere Sorgen doch sind.“

„Das ist wahr“, antwortete Bob und beide blickten stumm auf den Sonnenaufgang über dem Meer.

Sie waren bereits so weit draußen, dass man die Küste nur noch schemenhaft erahnen konnte. Das Segeln des Bootes lief wie von selbst. Sie waren ein eingespieltes Team. Jeder Handgriff saß.

„Mit wem soll ich segeln gehen, J.?“, fragte Bob unvermittelt.

„Du hast doch Ed“, entgegnete J. Ed war ihr jüngerer Bruder.

„Es wird nicht dasselbe sein, das weißt du. Oh Gott, J. Ich werde dich so entsetzlich vermissen.“

„Ich dich auch“, sagte J. „Aber …“

„Aber was?“, fragte Bob.

„Ach, ich weiß es auch nicht“, sagte J.

„Bist du dir nicht mehr sicher?“, fragte Bob.

„Doch. Es ist die richtige Entscheidung, Bob.“

„Ich muss dich das immer wieder fragen.“

„Du wirst wieder und wieder die gleiche Antwort von mir bekommen“, sagte J. bestimmend.

„Lyndon wollte von mir wissen, wer wirklich auf dich … auf dich schießt“, murmelte Bob.

„Was hast du ihm geantwortet?“

„Edgar.“

„Ernsthaft? Bob du bist brillant.“

Bob schaute ihn resignierend von der Seite an. „Was ist mit Jay?“

„Was soll mit ihr sein? Sie wird alles mit Stil und Würde über die Bühne bringen. Hocherhobenen Hauptes wird sie eine Show abziehen, die alle vor Ehrfurcht einer Ohnmacht nahe bringt“, stellte J. amüsiert fest.

„Am liebsten würde ich mitfahren nach Texas“, sagte Bob eindringlich und schaute J. ernst an.

„Du wärst glatt imstande, dich in die Schusslinie zu schmeißen, Bob.“

Die Verabschiedung von Joe, 18. November 1963

Cape Cod

Vor einiger Zeit hatte J.s Vater einen schweren Schlaganfall erlitten. Nun war er gefangen in seinem eigenen Körper. Er war gelähmt und sein Sprachzentrum war ebenfalls erheblich in Mitleidenschaft gezogen worden. Er konnte nur noch ein einziges Wort von sich geben und das war „Nein".

Vielen kam es wie eine gerechte Strafe vor, dass er nun von anderen abhängig war. Vor allem auf das Wohlwollen seiner Familie, die er früher beherrscht hatte, war er angewiesen. Er hatte sie beliebig nach seinen Wünschen und Bedürfnissen manipuliert und hin und her geschoben, wie die Figuren auf einem Schachbrett. Alle hatten so zu funktionieren, wie er es sich vorstellte. Schwächen wurden nicht geduldet.

Er hatte seine Kinder alle schon früh so finanziell abgesichert, dass sie sich auf andere Aktivitäten konzentrieren konnten und sollten als nur darauf, Geld zu verdienen. Wie er sein enormes Vermögen über die Jahrzehnte angehäuft und vermehrt hatte, teilte er seiner Familie niemals bis in die Details mit. Über das Meiste wurden sie im Unklaren gelassen. Er agierte so geschickt, dass er immer sehr vorteilhaft dabei wegkam.

Frauen gegenüber verhielt er sich genauso rücksichtslos wie mit seinen Geschäftspartnern, die er im Laufe seines Geschäftslebens verschlissen hatte. Er war gnadenlos. Für ihn gab es nur zwei Sorten von Frauen. Dumme, naive, die er reihenweise für seine Vergnügungen benutzte. Deren Namen er sich meistens noch nicht mal merkte, da er irgendwann den Überblick verlor, weil es einfach zu viele waren. Die zweite Sorte waren die Ehefrauen, die zu funktionieren hatten. Die Kinder bekamen und still erdulden mussten, wie sich Männer nach seiner Ansicht einfach aufführten, ohne ein schlechtes Gewissen zu haben.

An einer Frau hat er sich in vielerlei Hinsicht die Zähne ausgebissen – und einen Narren an ihr gefressen. Sie passte in keine seiner Schubladen. Sie vergötterte ihn dennoch, auf ihre eigene Art und Weise. Jay hatte tatsächlich geschafft, was er niemals für möglich gehalten hätte. Er hatte wirklich zum ersten Mal in seinem Leben so etwas wie Achtung vor einer Frau.

Nach dem Schlaganfall saß er häufig in seinem Rollstuhl im Wohnzimmer und schaute die Nachrichten. Er verstand alles, erkannte alle Personen und konnte einer Handlung problemlos folgen.

J. trat zu ihm, um mit ihm zu reden. Es war großartiges Wetter. Die meisten Familienmitglieder gingen draußen anderweitigen Aktivitäten nach. Sie würden allein sein, für eine Weile. J. begann zu reden. Zuerst über belanglose Themen wie das Fernsehprogramm, das Wetter oder über verschiedene Familienmitglieder.

J. überlegte die ganze Zeit, ob er überhaupt ein heikles Thema anschneiden sollte, da sein Vater dann Wutanfälle bekam und fortwährend „Nein, nein, nein“ schrie. Wollte und durfte er ihm das zumuten, in seiner Situation?

„Dad, ich möchte, dass du mir jetzt zuhörst. Und ich weiß, dass du alles verstehst. Und schrei nicht gleich wieder ‚Nein‘“, sagte J. energisch. „Ich weiß mittlerweile, wie du zu deinem immensen Vermögen gelangt bist. Aus mehreren zuverlässigen Quellen.“

Er schaute seinen Sohn an, als würde er nichts verstehen. Er schaute durch ihn hindurch.

„Schau nicht so, Dad. Ich weiß, dass du mich verstehst. Du kannst nicht widersprechen oder einfach den Raum verlassen. Du hörst jetzt zu. Dir ging es immer nur um Macht. Wie kann man nur so sein … So machtbesessen! So uninteressiert und wenig teilnahmsvoll am Leid anderer!“ J. schaute ihn an. „Wir haben dich nie interessiert. Deine Vaterliebe, wenn sie überhaupt vorhanden war, ist mit Joe gestorben, Dad.“

Er schwieg kurz und schaute seinen Vater durchdringend an.

„Ich hätte nicht aus dem Krieg zurückkehren sollen. Nicht Joe ... Bloß nicht Joe … Ich war in deinen Augen nie etwas wert. Ich musste in Joes Rolle schlüpfen. Ich musste Joes Leben leben. Nur um der Macht willen. Ich wollte das alles nie. Nur deine Liebe … Deine Vaterliebe. Und du … du wolltest nur Macht. Macht. Macht. Macht. Verdammt.“

Er stand auf, seufzte tief und schaute verzweifelt an die Zimmerdecke. „Ich … ich“, seufzte er und man merkte J. an, dass es ihm unheimlich schwer fiel, weiterzureden.

„Auf eine Art und Weise verachte ich dich … weißt du. Alles, was du von uns verlangt hast, warst du niemals in deinem eigenen Leben bereit zu geben.“ Dann schaute er zu seinem Vater und entgegnete: „Ich war dir doch völlig egal.“

Er verließ das Wohnzimmer.

‚Hoffentlich war das nicht zu viel für Vater.‘

J. hatte augenblicklich ein schlechtes Gewissen. Er ärgerte sich tatsächlich über sich selbst. Konnte er nicht über den Dingen stehen und die Vergangenheit so akzeptieren, wie sie gewesen war?

Aber man konnte nur mit Geld und anderen materiellen Dingen nicht alles gutmachen. Sie hatten alles gehabt. Nur keine Liebe. Und J. hatte sich dafür entschieden, seinem Vater zumindest einmal zu sagen, wie er empfand. Zumindest einmal.

Als er abends zurück nach Washington musste, stand sein Vater in seinem Rollstuhl auf der Veranda. Bob hatte ihn nach draußen geschoben. J. verabschiedete sich von seinem Vater. Nach ein paar Schritten kehrte er noch einmal um, beugte sich herunter und küsste seinen Vater auf die Stirn.

Als er sich aufrichtete, schaute er direkt in Bobs Augen. Er musste sich wirklich beherrschen, um nicht zu Bob zu gehen, um ihn zu umarmen. Er hielt seinem Blick stand. Er konnte den Schmerz in Bobs Augen sehen. „Wir telefonieren", sagte er und schaute mit einem abwesenden Blick Richtung Helikopter, der bereits auf ihn wartete. J. ging über die Wiese auf den Helikopter zu.

Bob wäre am liebsten hinter ihm hergerannt. Er drehte sich um und ging ins Haus, damit niemand seine Tränen sehen würde, die in seinen Augen aufstiegen.

Als der Helikopter gestartet war, schaute J. aus dem Fenster. Seine Augen schauten durch einen Schleier aus Tränen hinunter auf das Anwesen. Er sah seinen Vater auf der Veranda kleiner und kleiner werden.

Bob allein am Strand von Cape Cod

Am 20. November abends ging Bob mit J.s Hunden spazieren. Allein. Am Strand. Bob ertrug es zu Hause nicht. Zur Handlungsunfähigkeit verdammt. Heute hatte er Geburtstag. Er wusste nicht, wie er den Tag überstanden hatte, mit einer Feier am Nachmittag und unzähligen Telefonaten. Allein mit J. hatte er heute siebenmal telefoniert.

Er war immer schon für J. da gewesen. Er hatte zu ihm aufgeschaut. Bob hatte es ihn nur nicht immer merken lassen, wie sehr er ihn bewunderte.

Seit sie vor einigen Jahren zusammen eine längere Reise unternommen hatten, waren sie unzertrennlich. Vorher hatte J. seinem jüngeren Bruder kaum Beachtung geschenkt. Als Kind hatte er ihm die Nerven strapaziert und dann später gab es eine Zeit, in der sie sich nicht viel sahen.

Bei dieser gemeinsamen Reise wäre J. ihm fast unter den Händen gestorben. So krank war er damals in Asien.

J. brauchte hin und wieder jemanden, der ihm den Kopf zurechtrückte. Das war Bobs Aufgabe. Alles hätte er für J. getan. Was hatte er schon für Opfer gebracht … Er hatte sein ganzes Leben in den Dienst der Familie gestellt.

Bob verzichtete bewusst auf eine eigene, selbstständige Karriere. Seine Frau bekam ihn so selten zu sehen, und wenn er mal zu Hause war, brachte er sich jede Menge Arbeit mit.

Oder eine große Anzahl von Gästen bevölkerte Bobs Heim. Früher war er am liebsten allein gewesen. Jetzt suchte er sich auch immer wieder seine Inseln der Ruhe. Um ihn herum im Haus konnte noch so viel Lärm sein, er saß in seinem Arbeitszimmer, hatte Ohrenstöpsel in den Ohren und las ein Buch. Er wollte trotz allem am liebsten immer noch allein sein.

Jetzt ging er am Strand entlang. Es war noch nicht lange her, da waren sie zusammen hier gewesen. Es fing an zu regnen. Bob bemerkte es gar nicht. Er kehrte nicht um. Er lief weiter. Immer weiter am Meer entlang. J.s Hunde sprangen um ihn herum. Er fing an zu rennen.

Er rannte kilometerweit. Um den Kopf freizubekommen. Um nicht an J. zu denken. Nicht an vorgestern. Als er ihm zum letzten Mal in die Augen geschaut hatte. J. hatte seinem Blick standgehalten. Entschlossen. Bob war, als würde jemand ihm das Herz herausreißen, als er an diesen letzten Moment dachte. Er rannte. Ohne Ziel. Für ihn würde es kein Entrinnen geben. Und er wusste, dass ihm der schrecklichste Moment noch bevorstand.

Doch er beherrschte das, er wusste es. Jahrelanges Trainieren, um ihre wahren Gefühle zu unterdrücken und vor anderen zu verbergen. Aber sie beide konnten sich nichts vormachen. Sie merkten sofort, wenn etwas nicht stimmte. Ein Blick, eine Geste. Sogar das Ändern von leichten Nuancen der Gesichtsfarbe unter der gebräunten Haut.

Bob war im Begriff, den wichtigsten Menschen in seinem Leben zu verlieren. Er war zum ersten Mal in seinem Leben wirklich verzweifelt. Weglaufen vor seinem Schicksal konnte er nicht. Nicht einfach die Augen davor verschließen.

Erbarmungslos schritt die Zeit voran. Er zählte die Stunden.

Der Regen hatte ihn mittlerweile so durchnässt, dass ihm das Wasser aus den Haaren tropfte. Sein T-Shirt klebte ihm am Oberkörper, aber er rannte weiter. Bis er vor Erschöpfung keuchend stehen blieb und seine Hände in die Hüften stemmte. Er beugte sich nach vorn und stöhnte.

Als er sich aufrichtete, sah er auf das Meer hinaus.

Er schüttelte immer wieder den Kopf. „Nein. Nein. Nein. Oh Gott. Nein“, wisperte er und schloss die Augen.

Ihn fing an zu frösteln. J.s Hunde schüttelten sich immer wieder das Wasser aus dem Fell.

Er ging nach Hause. Der erste Versuch, dem Schicksal einfach davonzurennen, war misslungen.

Als er nach Hause kam, tropfte er die ganze Eingangshalle nass.

„Wo warst du denn?“, wollte seine Frau von ihm wissen.

„Am Meer“, antwortete er und lächelte sie gequält an.

„Wohl eher im Meer, wie mir scheint“, lachte sie ausgelassen.

Der Abend des 21. November und der nächste Morgen, 1963

Die letzten Stunden

Am 21. November abends fand ein Empfang statt. Mal wieder mussten sie sich von ihrer besten Seite zeigen. Repräsentieren.

J. begann seine Rede an diesem Abend in Fort Worth damit, dass er sich vor einiger Zeit in Frankreich als Mann vorgestellt hatte, der seine Frau nach Paris begleitete. Nun, jetzt hatte er einen ähnlichen Eindruck, scherzte er. Warum interessierte sich eigentlich niemand dafür, was Lyndon und er anziehen würden?

Er versprühte seinen Charme. Was wie immer nicht ohne Wirkung blieb. Der ganze Saal lag ihnen zu Füßen. An diesem Abend war er glänzender Stimmung. Er sah aus wie ein Filmstar.

Die Medikamente seines Arztes taten ihr Übriges.

Jay tat ihr Bestes. Sie strahlte von innen heraus. Ihre Auftritte hatten immer etwas Majestätisches. Es war unfassbar, wie sie das immer schaffte. J. schaute zu ihr herüber und zwinkerte ihr zu. Sie schaute ihn etwas irritiert an. Er stellte sie sich in diesem Moment zu Hause vor. Mit einer Zigarette im Mundwinkel, wie sie Klavier spielte. In Jeans und T-Shirt. Sie war wie ein Chamäleon.

Sie war so wandelbar und vielseitig, dass J. manchmal wirklich innerlich durcheinander war. Vor seiner Frau hätte er das aber niemals zugegeben. Sie konnte so sanftmütig sein, hatte aber einen dermaßen starken Willen, dass sie damit ein um das andere Mal Erstaunen hervorrief. Irgendwie schaffte sie es meistens, das zu bekommen, was sie wollte.

Nach dem Empfang, den sie nicht allzu spät verlassen hatten, gingen sie in ihr Hotel. Sie mussten ausgeruht für den kommenden Tag sein. J. legte sich noch mal spät abends in eine heiße Badewanne. Das viele Stehen an diesem Abend hatte seinen Rücken sehr strapaziert. Jay half ihm aus seinem Rückenkorsett, bevor er ins Bad ging.

J. nahm Tabletten, um besser schlafen zu können und um die Nerven zu beruhigen.

Am nächsten Morgen, dem 22. November, kamen sie nach einem kurzen Flug von Fort Worth in Dallas an. In Fort Worth hatte es geregnet. Jay schaute aus dem Hotelfenster. Alles grau in grau. Hoffentlich würde es in Dallas auch regnen, sodass sie ein geschlossenes Fahrzeug nehmen mussten.

Draußen vor dem Hotel wurden sie bereits von vielen Menschen erwartet, die sie vor dem Abflug nach Dallas sehen wollten. Die Stimmung war sehr herzlich und heiter. Es waren auch einige Reporter anwesend, um von hier aus schon ihre Berichterstattung zu beginnen.

Auf dem Flug blätterte J. in der „Dallas Morning News". Dort fand er eine ganzseitige Anzeige, die schwarz umrandet war. Wie eine Traueranzeige. Darin wurden sie verleumdet und des Landesverrats bezichtigt. Die Anzeige stammte augenscheinlich von einer rechtsradikalen Organisation.

Lyndon hatte seine Hausaufgaben gemacht.

J. zeigte die Zeitung seiner Frau. Jay war entsetzt.

„Jay, es kann niemand verhindern, wenn mich jemand umbringen will. Warum hast du Angst? Ich habe keine."

„J., lass uns zumindest einen geschlossenen Wagen nehmen, bitte", sagte Jay zu ihrem Mann.

„Das kommt auf das Wetter an. Die Leute wollen uns doch sehen. Vor allen Dingen dich." Er schaute sie liebevoll an. „Genieß den Tag. Er wird auf unserer langen, gemeinsamen Reise ein besonderer sein." Er schaute aus dem Fenster.

„Wir haben Glück, es ist wundervolles Wetter. Du hast es bald geschafft. Noch ein paar Tage. Dann hast du erstmal Ruhe. Du brauchst eine Pause.“ Er nahm sie in den Arm und küsste sie.

„John?“, sie schaute ihn so seltsam an.

„Mmh“, murmelte er.

„Irgendwas hast du …“, doch sie konnte den Satz nicht mehr beenden. Die Tür wurde geöffnet.

„Lass uns den Zirkus hinter uns bringen“, sagte J. bestimmend. Ganz gegen seine früheren Gewohnheiten nahm er sie bei der Hand. Sie traten hinaus auf die Gangway und knipsten ihr Lächeln an.

Die Sonne schien. Bevor sie in den offenen Wagen stiegen, sprach J. persönlich mit William, dem Fahrer. William fuhr sie meistens, so auch diesmal. Er sollte so langsam wie möglich fahren. Das Glasdach würde nicht benötigt, da sie sonst nicht gut genug gesehen würden. Vor allem Jay sollten alle gut sehen können. Wegen ihr waren die meisten Menschen gekommen.

Seine Leibwächter waren nach einer anstrengenden Nacht, mit wenig Schlaf, nicht in bester Verfassung, da sie in einer Nachtbar bis morgens gefeiert hatten. Sie trugen Sonnenbrillen, um ihre verquollenen Augen zu verdecken. Sie fuhren in einem zweiten Wagen, was ganz untypisch war.

So würden sie J. nicht zu nahe kommen. Sie befänden sich außerhalb der Schusslinie. Üblicherweise wurde J.s Wagen von ihnen flankiert. Wenn der Wagen im Schritttempo fuhr, liefen bis zu sechs Männer neben dem Wagen her. Zwei von ihnen standen auf extra angebrachten Plattformen, die an dem Heck des Wagens befestigt waren.

All diese Sicherheitsmaßnahmen lehnte J. mit fadenscheinigen Begründungen an diesem Tag ab. J. und Jay saßen so weit wie möglich auseinander. Sie saß auf der linken Seite, hinter dem Fahrer, und winkte mit ihrer linken Hand immer wieder der Menschenmenge zu.

Er saß hinten rechts.

Als sie zur Dealy Plaza kamen, legte er behutsam seine linke Hand auf Jays Rechte …

In wenigen Minuten würden sie in die Elm Street einbiegen. Er strahlte sie an, bevor er wieder in die Menge lächelte.

Er erwartete gefasst, was kommen würde. Er hatte sich vorbereitet. Eine letzte Fahrt in der Menge. Geplant … Herbeigesehnt … Nachts hatte er sich nochmals den Stadtplan besehen. Er konnte sich ausrechnen, an welcher Stelle es passieren würde. Er fühlte sich wie erlöst. Befreit und hoffnungsvoll.

Die erste Kugel traf ihn in den Hals. Er röchelte …

Bekam kaum Luft.

Mit seinen Armen machte J. kurz eine abwehrende Geste, bevor ihn die zweite Kugel nur Sekunden später in den Kopf traf. Er spürte keinen Schmerz.

Die Kugel zerfetzte ihm bei ihrem Austritt einen Teil seines Hinterkopfes. Überall spritzte Blut und Hirnmasse. Er sank in Jays Schoß.

Der 22. November 1963

Vormittags

Für Bob war J.s Tod bitter und erbarmungslos. Tief in seinen Empfindungen getroffen, verzehrte ihn eine ohnmächtige Trauer. Alles war sinnlos, denn J. würde nicht mehr da sein. Er würde nie wieder mit ihm reden können. Niemals wieder mit ihm lachen. Er konnte sich mit ihm nie wieder auseinandersetzen. Nie wieder fragen, was zum Teufel er sich dabei eigentlich gedacht habe.

Nie wieder …

Nie wieder …

Hämmerte es in seinem Kopf. Er war ohnmächtig vor Schmerz.

Nie wieder.

Bob wäre es weiß Gott lieber gewesen, an J.s Bett zu sitzen, ihm die Hand zu halten und für ihn da zu sein, wenn er seinen letzten Atemzug tat.

Sein großer Bruder hatte einen anderen Plan. Einen perfiden, barbarischen Plan. Bob hatte keine Entscheidungsgewalt. Er konnte nur tatenlos zusehen, wie das Desaster seinen Lauf nahm.

Bob wusste, dass alles bald vorbei sein würde. Er saß an seinem Schreibtisch im Arbeitszimmer. In seinem alten Ledersessel und wartete.

Die Sonne schien durch die Fenster hinein. In diesem Moment war Bob dankbar für die Ruhe und Einsamkeit.

Er wartete.

Jeden Augenblick würde das Telefon klingeln. Taub vor Verzweiflung und Ermüdung wartete Bob. Minuten wurden zu Stunden. Er schwankte zwischen unendlicher Trauer und Zorn. Zorn auf seinen Bruder, der ihm so etwas zumutete.

Niemals würde er mit jemandem reden können. Niemandem könnte er sich je anvertrauen.

‚Was für eine Bürde! Was J. von mir verlangte, ist unmenschlich!'

Er befand sich in einem Alptraum, aus dem es kein Entrinnen gab.

So lange er leben würde.

Der Rückflug von Dallas am 22. November 1963

Abends an einem Freitag

Jay saß vorne in der Air-Force-Maschine. Sie starrte ins Leere. Sie konnte nicht denken. Alles war so unrealistisch und nicht greifbar. Sie starrte aus dem Fenster ins Nichts. Neben ihr saß die Frau von Lyndon und hielt ihre Hand. Selbst das realisierte Jay nicht. Sie konnte nicht weinen. Keine einzige Träne.

Irgendwann kam ihr ein Gedanke in den Sinn, der sich in ihrem Gehirn festfraß. ‚Wie soll ich bloß weiterleben. Oh Gott. Wie soll ich weiterleben. Ohne J.', fragte sie sich immer wieder.

Im hinteren Raum der Maschine untersuchte J.s Arzt seinen Leichnam. Er war mit ihm ganz allein und wollte nicht gestört werden. Um genau und präzise arbeiten zu können.

Jay stand auf und ging durch den Gang. Sie wollte zu ihrem Mann. ‚Ich darf ihn nicht allein lassen', dachte sie in diesem Moment.

Lyndon stellte sich ihr in den Weg.

„Sie können jetzt nicht zu Ihrem Mann. Sein Hausarzt ist bei ihm. Aber da lasse ich Sie jetzt nicht hinein. Sie haben schon zu viel mitgemacht. Ihr Mann wird noch untersucht. Sie brechen uns noch zusammen. Bitte quälen Sie sich nicht so. Sie werden Ihre Kraft noch brauchen."

Jay starrte ihn an.

„Ich will aber zu ihm. Ich will da rein."

„Wenn Sie sich das auch noch zumuten wollen“, sagte Lyndon matt. „Ich frage den Arzt. Moment.“ Er klopfte an der Verbindungstür. „Doktor? Wie weit sind Sie?“, fragte Lyndon durch die Tür und wartete auf eine Antwort. „Doktor?“

„Ja, bitte? Was wollen Sie?“

Er öffnete die Tür einen Spalt. Jay schaute den Arzt an. So flehend.

„Kommen Sie“, entgegnete er und ließ sie eintreten.

J. lag in einem offenen Sarg. Jay ging auf ihn zu, küsste ihn auf die Wange und setzte sich auf einen Stuhl, der neben dem Sarg stand. Sie legte ihre Hand auf seine. Sie starrte vor sich hin und streichelte immer wieder über J.s Hand.

Er war bekleidet und optisch so weit wiederhergestellt worden, dass sein Anblick nicht allzu schockierend war. Seine Hand war so kalt. So furchtbar kalt.

„Ich bin fertig“, sagte J.s Arzt. „Sie können so lange bei ihm bleiben, bis wir landen. Wie geht es Ihnen?“

Jay schaute ihn kurz an, dann starrte sie wieder ins Leere.

„Brauchen Sie ein Medikament? Zur Beruhigung?“, wollte er wissen.

Sie schüttelte den Kopf und schloss ihre Augen.

„Kann ich Sie allein lassen?“

Sie schaute ihn abwesend an. Er konnte den Anblick von Jay nicht mehr ertragen. Er hatte als Arzt schon viel erlebt und schon viel gesehen in seinem Leben. Aber selbst er stieß irgendwann an eine Grenze.

Er verließ den hinteren Raum der Air-Force-Maschine, um sich ein Wasser zu holen. Seine Kehle war staubtrocken und er merkte, dass er Kopfschmerzen bekommen würde. Er ließ sich in einem Sitz nieder und trank eine große Flasche Mineralwasser zügig leer. Er seufzte und schloss die Augen. ‚Hoffentlich wird alles gutgehen …‘

Als er die Augen wieder öffnete, stand Lyndon vor ihm. „Wie sieht’s aus, Doktor?“, wollte er von ihm wissen.

„Alles planmäßig verlaufen“, sagte er leise und ihre Blicke trafen sich.

„Oh ja. Sicher. Ich wollte aber wissen, wie es seiner Frau geht“, sagte Lyndon ernstlich besorgt.

„Nicht gut. Schockzustand. Sie ist nicht gut ansprechbar und starrt ins Leere. Hat aber ein Beruhigungsmittel abgelehnt“, erstattete J.s Arzt ihm Bericht.

„Oh Gott“, sagte er und schaute aus dem Fenster.

„Verlieren Sie nicht die Nerven, Doc“, sagte Lyndon ernst. „Es ist noch ein langer Weg“, fügte er bedeutungsvoll hinzu.

„Vor allem für sie wird es das sein. Sir, sie hat eine postnatale Depression wegen des Babys und war deshalb schon nicht in Behandlung. Und jetzt das hier. Es sind schon Menschen wegen weniger schlimmer Ereignisse durchgedreht oder haben sich umgebracht“, stellte der Arzt fest.

„Was wäre die Alternative gewesen? Daran müssen Sie immer denken“, sagte Lyndon leise.

„Wir werden uns alle um sie kümmern. Wird Bob vor Ort sein, wenn wir ankommen? Er wird ihr eine große Stütze sein.“

„Natürlich wird er da sein. Was denken Sie denn! Er war schon kaum davon abzuhalten gewesen, mit nach Dallas zu fliegen“, flüsterte der Arzt Lyndon zu. „Für ihn wird es mindestens so schwer wie für Jay, aber ich glaube, dessen ist er sich noch nicht bewusst.“

„Schauen Sie bitte noch mal nach ihr“, forderte Lyndon den Arzt auf.

Lyndon ging zu seiner Frau und setzte sich zu ihr.

J.s Arzt erhob sich, um bei Jay zu schauen, ob sie Beistand benötigte. Als er die Tür öffnete, saß sie immer noch in der gleichen Sitzposition auf ihrem Stuhl, hielt J.s Hand und betete leise vor sich hin. Zwischendurch sprach sie immer wieder leise zu ihm.

J.s Arzt war es nicht gewohnt, Angehörige im Unklaren über Kranke oder Verstorbene zu lassen. Er konnte es nur schwer ertragen, Jay so leiden zu sehen. Aber er rief sich immer wieder ins Gedächtnis, dass es diesmal absolut nicht zu seinen Aufgaben gehörte, Jay über den wirklichen Gesundheitszustand ihres Mannes, in dem er sich befunden hatte, aufzuklären. Dieses heikle Thema würde er Bob überlassen.

Wenn dieser es irgendwann über sich brachte. Vielleicht würde Jay aber auch niemals die Wahrheit erfahren.

„Wie geht es Ihnen? Wollen Sie vielleicht etwas trinken?", fragte er sie.

„Nein", antwortete sie geistesabwesend. „Ich möchte nichts. Gar nichts." Es entstand eine größere Pause.

„Es … es tut mir so leid. Ich habe ihn sehr geschätzt. Er war ein außergewöhnlicher Mann. Wirklich außergewöhnlich. Und ich versichere Ihnen, dass er nichts gespürt hat. Er war sofort tot. Er ist nicht erst im Krankenhaus verstorben. Er war wirklich sofort tot. Das ist das Einzige, was ich Ihnen als Trost sagen kann. Er musste sich nicht quälen. Wirklich nicht leiden …", sagte er betroffen. „Darf ich offen mit Ihnen reden …", begann der Arzt erneut zu reden. „Ich habe Ihren Mann die letzten Stunden untersucht … Ihm ist viel erspart geblieben, glauben Sie mir. Er war ein schwer kranker Mann. Ich bin der festen Überzeugung, dass er nicht älter als achtundvierzig bis fünfzig Jahre alt geworden wäre. Er befand sich in einem entsetzlichen Zustand …"

Er atmete tief durch und überlegte fieberhaft, was er ihr noch hätte sagen können. Hatte er womöglich schon zu viel gesagt? Ihm fiel in diesem Augenblick nicht mehr das Geringste ein, um sie zu trösten.

„Wir werden bald landen", sagte er nach einer Weile und schaute aus dem Fenster. Hoffentlich war Bob pünktlich, um sie in Empfang zu nehmen.

„Ach bitte, ich würde gern mit Lyndon sprechen", sagte Jay leise.

„Kommen Sie mit mir. Sie brauchen eine Pause", forderte der Arzt sie auf.

Sie stand auf und ging vor ihm her in den anderen Teil der Air–Force-Maschine. Sie setzte sich in einen Sitz am Fenster und schaute hinaus. Der Arzt ging weiter den Gang entlang zu Lyndon, um ihm mitzuteilen, dass Jay nach ihm verlangte.

„Ich komme“, sagte dieser und erhob sich sofort.

„Sie wollten mit mir sprechen?“, richtete er das Wort an Jay.

„Ja. Es geht um J.s Begräbnis und die Trauerfeier“, sagte Jay gefasst. „Ich möchte das persönlich organisieren. Bitte. Er bekommt doch ein Staatsbegräbnis, oder?“, fragte sie schüchtern.

„Sicherlich, Jay. Ich lasse Ihnen völlig freie Hand. Sie werden alles perfekt organisieren. Da bin ich mir sicher. Ich werde Sie unterstützen, wo ich nur kann“, versicherte er ihr teilnahmsvoll.

Als sie landeten, schaute Jay aus dem Fenster. Sie konnte schon das Auto erkennen, das neben dem Rollfeld stand. Als die Gangway am Flieger andockte, stand Bob vor ihr, als die Tür des Fliegers sich öffnete.

Der 23. November 1963

Morgens in Washington

Bob stürmte aufgebracht in Lyndons Büro.

„Was für eine professionelle Vorstellung! Wer hat eigentlich diesen seltsamen Typ mit diesem unhandlichen Gewehr im Schulbuchlager losgeschickt? So kurz hintereinander kann man mit dem Ding gar nicht abfeuern. Geschweige denn irgendetwas treffen. Und dann noch Platzpatronen! Ich bitte Sie: Wie realistisch war das denn?“, knurrte Bob sarkastisch.

„Der junge Mann hatte Angst, dass wirklich etwas passiert. Er sollte doch nur ein bisschen Angst und Schrecken verbreiten“, gab Lyndon zur Antwort.

„Vertuschen Sie die Sache, sonst bekommen wir die größten Schwierigkeiten“, entgegnete Bob. „Und noch etwas … Sagen Sie mal, Sie haben allen Ernstes auch noch diesen jungen, aus Russland ausgewiesenen Kommunisten in Dallas losgeschickt, um erst links- und dann rechtsradikale Flugblätter gegen J. zu verteilen? Wo haben Sie den Burschen her?“, wollte Bob wissen.

„Rubinstein. Er saß bei ihm in der Bar. Der Junge brauchte Geld.“

„Das lässt auf einiges schließen“, sagte Bob ironisch. „Sie sind ja optimal organisiert. Da ist Edgar aber besser aufgestellt, mein Freund. Edgar war völlig bereit, sich in unseren Dienst zu stellen. Man konnte förmlich sehen, wie er sich freute, zumindest einen von uns schon mal loszuwerden“, fuhr Bob fort.

Das war zu viel für Lyndons Nerven. Er hatte in Dallas schon sehr viel mitgemacht. Er war mit den Nerven am Ende.

„Sie sind doch wohl nicht mehr ganz bei Trost!", schrie Lyndon.

„Pscht. Ruhe bewahren. Seien Sie still!"

Erst legte Bob sich den Zeigefinger auf den Mund und machte dann eine Handbewegung, die Lyndon gebot, still zu sein. Bob sah ihn durchdringend an.

„Jetzt reißen Sie sich zusammen, Lyndon", sagte Bob energisch. „Trinken Sie einen Whisky, Mr. Präsident, und atmen sie erstmal tief durch."

Bob ging zum Fenster und schaute hinaus. Nach einer kurzen Pause fuhr er fort.

„Ich muss jetzt zu Jay. Sie weiß von nichts. Und so soll es auch bleiben. Ich habe keine Ahnung, wie ich sie trösten soll. In dieser Situation bin ich völlig hilflos. Ausnahmsweise habe ich absolut keine Ahnung", seufzte er tief. „Keine Ahnung, wie ich die nächsten Stunden überstehen soll …" Er fuhr sich mit der linken Hand über sein Gesicht.

„Ich glaube", antwortete Lyndon darauf, „Sie können auch einen vertragen." Lyndon reichte Bob ein Glas. „Hier, nehmen Sie." Lyndon wurde bewusst, dass auch Bob sich in einer heiklen Ausnahmesituation befand. Sie konnten sich nicht besonders gut leiden, aber jetzt mussten sie irgendwie zusammen diese Situation meistern.

Bei der Beerdigung zwei Tage später stand Lyndon neben Edgar.

„Edgar. Gratuliere", flüsterte Lyndon. „Gute Arbeit."

Edgar schaute ihn geschockt an, als wäre er verrückt geworden oder kurz davor.

In diesem Moment dämmerte es Lyndon. Edgar wusste von nichts. Er hatte keine Ahnung. Lyndon wurde schwarz vor Augen.

Das Telefonat am 23. November 1963

Lyndon und Jacob

Als Bob Lyndons Büro verlassen hatte, griff dieser sofort zum Telefon. Er wählte eine Nummer in Dallas. Er wusste, dass es ziemlich heikel war, da er damit rechnen musste, dass die Telefonleitungen abgehört wurden. Ihm blieb aber nichts anderes übrig. Er hatte keine andere Möglichkeit.

Bei den Leitungen für private Gespräche war die Wahrscheinlichkeit höher, dass Edgar seine Finger im Spiel hatte. Also nahm er das Funktelefon.

Edgar, der Chef des FBI, war ein neugieriger, unsympathischer Zeitgenosse, der nicht unbedingt mitbekommen sollte, dass er so stümperhaft agiert hatte.

„Jacob. Es scheint nicht so reibungslos verlaufen zu sein, wie geplant“, sagte er zu Rubinstein am Telefon.

„Wer konnte denn ahnen, dass er aus lauter Panik angeblich einen Polizisten erschießt? Dann haben sie ihn in einem Kino überwältigt. Aber wie sie ihn so schnell aufgespürt hatten … Ich schwöre dir, es waren nur Platzpatronen. Wer da im Schulbuchlager und bei Lee zu Hause alles manipuliert hat, möchte ich mal wissen. Das kam einigen Leuten wohl sehr gelegen. Wer war's ?“, wollte Jacob von Lyndon wissen.

„Kann ich nicht sagen“, presste Lyndon hervor.

„CIA oder FBI? Wer anders hatte gar nicht die Möglichkeit, so schnell und professionell zu handeln. Wer war es, Lyndon?“, fragte Jacob fordernd.

„Jacob, ich weiß es auch nicht. Wirklich. Aber … du musst Lee irgendwie aufhalten. Ihm eine Nachricht zukommen lassen … Denk an J.s Frau. Die hat schon genug mitgemacht die letzten Tage … Denk an unsere Abmachung. Du musst ihn stoppen … wie auch immer", sagte Lyndon nachdrücklich.

„Lyndon, du weißt, warum er sterben musste, hab ich recht?", wollte Rubinstein wissen. Darauf bekam er keine Antwort. „Lyndon …", wisperte Rubinstein.

Dieser schnitt ihm das Wort ab.

„Ich habe nicht die geringste Ahnung. Und jetzt mach irgendwas! Irgendetwas. Dass da ja nichts an die Öffentlichkeit gelangt!", sagte Lyndon energisch, bevor er auflegte.

Lyndon war sich nicht sicher, ob Rubinstein etwas unternehmen würde. Aber er kannte sehr viele Leute in Dallas. Bestimmte Leute. Und viele Polizisten gingen in seinem Nachtklub ein und aus. Zumindest würde er wahrscheinlich einige Informationen bekommen, die nicht an die Öffentlichkeit dringen sollten. Aber was genau er machen sollte, darauf hatte Lyndon auch nicht die geringste Antwort griffbereit. Rubinstein würde situationsbedingt handeln oder vielleicht auch gar nichts unternehmen.

Alles drohte aus dem Ruder zu laufen.

Lyndon fragte sich immer wieder, wie er nur in diese unsägliche Situation hineingeraten konnte. Er wusste nur, dass nicht der geringste Zweifel an seiner Loyalität J. gegenüber zur Diskussion stehen dürfte. Nicht, dass er noch in ein Mordkomplott verwickelt würde, das es ja niemals gegeben hatte.

Seine Schläfen fingen an zu pochen.

Er war so erregt und angespannt, dass er stechende Kopfschmerzen bekam. Er legte sich auf ein Sofa und versuchte seine Nerven zu beruhigen. Er schloss seine Augen, aber es gelang ihm nicht. Vor seinem inneren Auge erschienen ihm immer wieder die entsetzlichen Bilder des gestrigen Tages. Er wusste nur, dass er die Nerven behalten musste. So schwer es ihm auch fallen mochte. Er würde diese entsetzlichen Bilder niemals wieder aus seinem Gedächtnis löschen können.

Er sah Jay vor sich, mit ihrem blutverschmierten Kostüm und den weißen Lederhandschuhen, die ebenfalls besprenkelt waren mit J.s Blut. Wie sie so verloren auf dem Flur im Krankenhaus saß. Niemals würde er ihren Anblick vergessen.

„Ich halte das nicht mehr aus", stöhnte Lyndon vor sich hin.

Wie er die nächsten Stunden überstand, wusste er hinterher nicht mehr zu sagen. Er reagierte mechanisch auf die Ereignisse.

Er musste sich mehr als zusammenreißen, als er mittags die Meldung erhielt, dass auf den angeblichen Attentäter Lee geschossen wurde und dieser der schweren Schussverletzung im Krankenhaus erlegen war.

Am 23. November 1963

Ein Abschied

Jacob wusste, was er zu tun hatte. Seit gestern hatte er so eine unbändige Wut auf diesen nichtsnutzigen, furchtbaren Kerl. Lee war wirklich zu gar nichts in der Lage. Es war erschreckend, wie unfähig ein Mann allein sein konnte. So wirr und unorganisiert. Kein Wunder, dass ihn seine Frau verlassen hatte. Bis jetzt hatte er aber auch gar nichts auf den Weg gebracht.

Und jetzt das!

Wie waren sie überhaupt auf die kranke Idee gekommen, ausgerechnet Lee so eine Sache anzuvertrauen? Aber er sollte ja schließlich nur etwas Verwirrung stiften, und das war das, was er besonders gut konnte.

Jacob ging in sein Büro. Er setzte sich an seinen Schreibtisch und zündete sich eine Zigarre an. Dann drehte er sich mit dem Stuhl zur Wand und öffnete seinen Tresor. Neben Bargeld, Schuldscheinen und Wertpapieren lag ein Revolver. Er hatte keinen Waffenschein. Aber was spielte das für eine Rolle?

Im Keller seines Hauses hatte er einen Raum eingerichtet, um Schießübungen zu machen. Er war gut gedämmt, sodass die Nachbarn nicht nervös wurden.

Es reichte, dass sie wussten, dass er einen Nachtklub besaß und womit er folglich sein Geld verdiente. Da mussten sie nicht noch mitbekommen, wie oft er im Keller an seiner Treffsicherheit arbeitete. Er überprüfte den Revolver, ob alle Patronen noch vorhanden waren oder ob eine ersetzt werden musste. Er wollte ganz sicher sein, dass er sich gut vorbereitet hatte. Vielleicht würde er nur einen Schuss haben. Er steckte sich den Revolver in seine Jackentasche.

„Na komm schon, meine Schöne", sagte er zu seiner Hündin, die in ihrem Korb neben Jacobs Schreibtisch lag und ihn die ganze Zeit mit ihren Augen verfolgte und nur auf ein Zeichen seinerseits wartete.

Er ging mit ihr hinaus. Sie machten einen längeren Spaziergang. Auf dem Rückweg ging Jacob Rubinstein mit seiner Hündin nicht nach Hause. Er lief einen Block weiter. Zu seinem Neffen. Jacob klingelte.

„Hey, Onkel Jack. Was machst du so früh hier?", wunderte sich Sam, als er die Tür öffnete.

„Passt du auf meine Schöne auf, Sam?", fragte er. „Ich habe etwas zu erledigen."

„Wo willst du denn hin?" Sam bekam keine Antwort. Rubinstein redete andauernd leise auf seine Hündin ein und streichelte sie. „Onkel Jack, wann kommst du denn wieder? Soll ich sie nachher mitbringen, wenn ich heute Abend zum Arbeiten komme?"

„Sei gut zu ihr, hörst du", sagte Jacob.

Dann schaute er Sam an, drehte sich um und ging ohne ein weiteres Wort.

Sam zuckte mit den Schultern und ging mit der Hündin zurück ins Haus. Er musste sich ein wenig ausruhen, um am heutigen Abend wieder so einsatzbereit zu sein, dass er überhaupt arbeiten konnte. Die Sache mit Lee hatte ihn so mitgenommen, dass er die ganze Nacht nicht geschlafen hatte. Wie konnte Lee nur so etwas Entsetzliches getan haben? Das hätte ihm Sam niemals zugetraut.

Die Totenwache am 23. November 1963

Bob und Jay

Bob hatte kaum geschlafen. Er wartete. Die ganze Nacht. Er musste nur mal kurz eingenickt sein. In den frühen Morgenstunden landete die Air-Force-Maschine. Jay so zu sehen, war entsetzlich gewesen. Das Gespräch mit Lyndon hatte noch mal zusätzlich an Bobs Nerven gezehrt.

Nun wurde J. in einem schweren Bronzesarg in den Ostflügel gebracht. Sechs Angehörige verschiedener Militäreinheiten trugen seinen Sarg, der mit einem Sternenbanner bedeckt war. Bob ging einen Schritt hinter Jay. Ein katholischer Geistlicher betete.

Jay legte ihre Arme um den geschlossenen Sarg und verharrte so ein paar Minuten. Dann verließ sie gefolgt von Bob den Saal und suchte ihre Privaträume auf. Endlich waren sie allein. Bob wartete auf eine Regung ihrerseits. Er schlich durch das Zimmer und haderte mit sich. Sollte er Jay alles erzählen? Sollte er sein Versprechen J. gegenüber brechen? Würde sie dann mit ihrer Trauer anders umgehen? Alles besser verarbeiten … Er wusste es in diesem Moment nicht.

Es wäre wahrscheinlich in diesem Augenblick eine Zumutung gewesen, nachdem, was Jay die letzten Stunden durchmachen musste.

Nein, er beschloss ihr nichts zu sagen. Er setzte sich auf ein Sofa und starrte zu Jay, die ihm den Rücken zugewandt hatte.

Wie hätte er ihr auch alles erklären können: „Du, Jay, es ist alles ganz anders … anders als du denkst." Unmöglich. Nicht jetzt. Der absolut falsche Zeitpunkt.

Jay schaute aus dem Fenster. Sie hatte ihre Arme so verschlungen, als wollte sie sich selbst umarmen.

„Weißt du … irgendwann war es Liebe. Es traf mich wie ein Blitz, als ich mir darüber im Klaren war, dass ich Jack liebe. Ich hätte ihn niemals verlassen. Niemals. Was er mir auch angetan hätte. Früher mochte ich ihn. Ja, er sah umwerfend aus. Interessant. Die erste Zeit war aufregend. Aber Liebe … Liebe ist doch etwas anderes. Es waren tausend Kleinigkeiten. Wie er mit unseren Kindern umging. Wenn er vor sich hin summte, wenn er glücklich war. Wie er sich in seiner unnachahmlichen Art durch seine Haare strich. Oder weißt du, wenn er verlegen war oder überlegte … Dann schaute er einen so an … mit diesem bestimmten Blick. Oder seine Hände. Er hat so schöne Hände … Es war ein Schock für mich, als ich feststellte, dass ich ihn wirklich liebe. Es war auf Glen Ora. Ich rannte hinaus, nahm mein Pferd und ritt stundenlang, wirklich stundenlang durch die Wälder. Im Herbst. Im Herbst vor drei Jahren. Ich wollte zu der Zeit nicht, dass J. merkte, was ich für ihn empfand. Zu dieser Zeit hatte er es wirklich nicht verdient, dass ich ihn überhaupt noch beachtete."

Dann konnte sie sich nicht mehr beherrschen. Sie war so gefasst gewesen. Keine Träne. Keine Regung. In der Öffentlichkeit bewegte sie sich wie in Trance. Bob nahm sie wortlos in den Arm. Sie bekam einen Weinkrampf. Endlich, endlich konnte sie weinen.

Bob sagte nicht viel. Er war einfach für sie da und hörte ihr zu, wenn sie etwas erzählte. Er nahm sie immer wieder wortlos in den Arm, um sie zu trösten. Wie er die nächsten Stunden überstand, wusste er hinterher nicht mehr zu sagen.

Nachdem sie sich einige Zeit der Ruhe gegönnt hatten, um ihre Gedanken etwas zu ordnen, gingen Jay und Bob zurück in den Ostflügel. Sie wollten J. nicht allein lassen. Mittlerweile war sein Sarg geöffnet. Erst später entschlossen sie sich dazu, ihn zu verschließen.

J.s Gesicht sah aus wie aus Wachs. Er hatte geöffnete Augen und sein Mund stand etwas offen. Es war alles so abstrakt und unrealistisch. Der katholische Geistliche war noch anwesend und sprach immer wieder ein Gebet. Er hielt sich ganz diskret im Hintergrund des Raumes auf, um die zwei Trauernden nicht zu stören.

Aber er hielt sich bereit, um ihnen Trost zu spenden und für sie da zu sein. Er merkte jedoch, dass selbst ein Geistlicher in manchen Situationen überfordert war.

Jay legte ihrem Mann goldene Manschettenknöpfe in den Sarg und Briefe von ihren Kindern und von sich. Dann schnitt sie J. eine kleine Strähne seiner Haare ab und legte sie vorsichtig in ein goldenes Medaillon, welches sie von ihm zu ihrer Verlobung bekommen hatte.

Bob legte seinem Bruder seine Krawattennadel in den Sarg und eine Haarsträhne von sich selbst.

J.s Rosenkranz war unauffindbar, deshalb gab Bob ihm seinen eigenen. Er legte J. den Rosenkranz auf seine Brust.

Sie standen an dem offenen Sarg und hielten sich an der Hand.

Der 24. und 25. November 1963

Zwei Tage im Nebel

Jay stand am 24. November morgens um fünf Uhr auf. Es waren unruhige Stunden in der Nacht gewesen, in denen sie kaum geschlafen hatte. Morgen würde die Beerdigung stattfinden. Sie hatte mit ihrer Familie alles organisiert. J. sollte ein Staatsbegräbnis bekommen, das hatte sie mit Lyndon abgestimmt. Sie hatte gestern bereits ihre Schwägerin damit beauftragt zu recherchieren, wie andere Staatsbegräbnisse gehandhabt worden waren. Bob war ihr eine sehr große Hilfe in diesen Tagen. Sie funktionierten. Aus der ganzen Welt würden Staatsvertreter anwesend sein. Alle Augen schauten auf sie. Wie sollte sie sich verhalten?

An diesem Morgen fuhr sie mit Bob nach Arlington, um einen geeigneten Platz für J.s letzte Ruhestätte auszusuchen. Ganz früh um sechs Uhr gingen sie über das weitläufige Gelände, im Morgennebel. Es war ihr bewusst, dass es nicht einfach werden würde. J. sollte einen besonderen Platz erhalten.

„Weißt du, Bob", sagte sie. „Ich weigere mich zu akzeptieren, dass er von diesem verwirrten, jungen Kommunisten erschossen worden sein soll. Er hatte anscheinend so mächtige Feinde, obwohl er nur Gutes getan hat."

Bob schaute unter sich und erwiderte darauf nichts.

„Es war mit Sicherheit eine Verschwörung. Da bin ich mir ganz sicher. Bob, hier können wir reden. Hier wird kein Telefon abgehört. Hier laufen keine Bediensteten herum, die einen womöglich auch bespitzeln könnten. Bob, hast du eine Vermutung, wer es war?"

Bob schritt neben ihr her und vermied es weiterhin, sie direkt anzusehen. Was sollte er ihr bloß sagen?

„Ich habe auch nur vage Vermutungen, Jay. Wir sind zu vielen Leuten auf die Füße getreten. Schau dich doch mal in unserem ach so freien, liberalen, offenen Land um. Das ist doch alles nur Makulatur. Nur Fassade …", seufzte Bob. „Hier ist auch niemand wirklich frei. Wir leben in einem korrupten, profitgeilen, unsozialen Land, wo die Mafia machen kann, was sie will, wo Schwarze immer noch verfolgt und getötet werden, Jay. Das Gesundheitssystem ist eine Katastrophe … Jeder darf hier ein Gewehr besitzen … Die meisten Arbeiter haben keine besseren Bedingungen als in Russland auch. Die Rüstungsindustrie und das Militär wollen einen in jeden Konflikt auf dieser Welt hineinziehen, nur wegen des Geldes oder weil es immer noch zu viele kranke Idioten gibt, die meinen, sie müssten Krieg spielen."

Jay starrte ihren Schwager fassungslos an: „J. war für Frieden, für Gerechtigkeit und Toleranz. Er verabscheute Konflikte und er liebte das Leben so sehr. Er setzte sich für die Umwelt ein und hasste Atomwaffen. Nun frag dich doch noch mal … wer hat ihn umgebracht?"

„Jay, er war zur falschen Zeit am falschen Ort. Er hat alle Warnungen, die es ja offensichtlich gegeben hat, in den Wind geschlagen. Es hätte jede Organisation sein können, sogar das FBI oder die CIA", sagte Bob energisch. „Wirklich jede, verstehst du? Und sie hatten alle ein Motiv. So sieht's aus, Jay."

„Aber zumindest war J. da und hat den Anfang gemacht, Bob. Ihr habt angefangen, den vielen Ungerechtigkeiten in diesem Land entgegenzutreten. Dazu gehört sehr viel Mut. Morgen werden wir der ganzen Welt zeigen, wie mutig er war. Und wir werden unseren Mut auch zeigen, Bob."

„Jay, du bist unglaublich", sagte Bob vor sich hin, schloss seine Augen und schüttelte den Kopf. Er musste an das letzte lange Gespräch mit J. denken, zu Hause am 17. November. Wie recht er gehabt hatte mit Jay. Wie gut er sie doch kannte.

Am nächsten Morgen schritten sie zusammen hinter dem Katafalk her, auf dem der Bronzesarg mit J. nach Arlington gebracht wurde. Er war immer noch mit dem Sternenbanner bedeckt. Ein schwarzer Hengst wurde hinter dem Katafalk hergeführt. Jay ging an der Spitze der Trauerprozession. Sie wurde von Bob und ihren anderen Familienangehörigen begleitet. Lyndon und viele Würdenträger aus der ganzen Welt gingen hinter ihnen her.

In Arlington entzündete Jay am Grab ihres Mannes eine Ewige Flamme. Dann nahm sie das Sternenbanner, welches den Sarg bedeckt hatte, entgegen. Sie hatte sich jede Geste und jede Handlung dieses Tages bis in das kleinste Detail exakt überlegt. Sie hatte kaum geschlafen und immer wieder den Ablauf durchdacht. Bis sie wirklich zufrieden war. Es sollte ein Tag werden, an den noch Jahre oder sogar Jahrzehnte später gedacht werden würde. Ein besonderer Tag für einen außergewöhnlichen Mann. Eine Trauerfeier mit Würde und Stil und der Situation angemessen.

Ihr Nervenzusammenbruch, der unausweichlich auf sie zukommen würde, wurde an dem heutigen Tag mit Tabletten bekämpft. Eine Spritze hatte sie heute Morgen von J.s Arzt bekommen. Abends hatte sie nicht die leiseste Ahnung, wie sie diesen entsetzlichen Tag überstanden hatte.

Die Nacht würde sie nicht allein verbringen. Ihre Mutter war da, um ihr beizustehen. Und ihr Stiefvater verbrachte die Nacht im Nebenzimmer. Bob und seine Frau waren auch in Jays Nähe, um sie jederzeit zu trösten.

Abends waren Bob und Jay allein an J.s Grab in Arlington. Sie hielten sich an der Hand und starrten auf das Blumenmeer, welches J.s letzte Ruhestätte bedeckte.

„Bob, ich habe so Angst vor der Zeit, die auf mich zukommen wird."

„Mir geht es genauso. Es ist alles so sinnlos. Das ganze Leben ist sinnlos geworden. Auch für mich. Ein Wimpernschlag in der Ewigkeit und nichts ist mehr, wie es war. Ich werde mit dieser Endgültigkeit nicht fertig. Ich kann damit nicht umgehen, Jay."

Sie wusste nicht, was sie Bob darauf erwidern sollte, und schaute wie hypnotisiert auf J.s ewige Flamme. Ihre Augen füllten sich mit Tränen.

Der 26. November 1963

In Washington

Jay würde morgen mit den Kindern Carolines Geburtstag feiern. Das abzusagen konnte sie ihrer kleinen Tochter nicht antun. Obwohl sich alle fragten, wie sie auch den Tag noch überstand. Der Geburtstag war schon vor Wochen geplant worden. Sie musste an J. denken. Er hatte seine Kinder mehr als alles auf der Welt geliebt. Er hätte gewollt, dass die Feier morgen stattfinden würde. Gestern nach der Beerdigung hatte Jay mit den Kindern auch nachmittags die Geburtstagsfeier ihres kleinen Sohnes irgendwie hinter sich gebracht.

Nachdem sie ein paar Tage im Schockzustand verbracht hatte, begann ihr Gehirn zumindest phasenweise wieder normal zu funktionieren. Sie dachte an eher praktische Dinge. Wo würden sie wohnen, wie würde sie die Kinder allein großziehen? Was für Ideale würde sie ihnen vermitteln? In welche Schulen würde sie die Kinder geben? Welche Angestellten wollte sie in jedem Fall weiterbeschäftigen? Bei welchen war sie wirklich froh, sie loszuwerden? Bei manchen wäre sie bestimmt unglücklich, da sie wusste, dass sie nicht alle behalten konnte.

Die Organisation der nächsten Wochen lenkte sie tagsüber von ihrer Trauer ab.

Schlimm war es, wenn sie abends zur Ruhe kommen wollte. Wenn sie allein war, schlug die tiefe Verzweiflung gnadenlos zu. Dann fragte sie sich, wie sie überhaupt weiterleben konnte. Sie bezweifelte in stillen Augenblicken, dass sie allein ihr weiteres Leben meistern könnte. Ohne Halt. Ganz auf sich allein gestellt. Eine furchtbare Vorstellung.

Wenn sie abends zu Bett ging, zog sie J.s Pyjama an und legte sich in sein Bett, ohne einschlafen zu können. Morgens, wenn sie aufwachte, roch sie an seinem Rasierwasser, wenn sie ins Bad ging.

Diese Sachen, die sie tat, wurden zu Angewohnheiten, ohne selbstverständlich zu werden. Sie würde das eine sehr lange Zeit beibehalten, die Sachen J.s zu benutzen.

An diesem Abend musste sie an so viele Begebenheiten aus der Vergangenheit denken. Als sie ihn zum ersten Mal auf ein Pferd gesetzt hatte, in dem Sommer, als sie verlobt waren. Oder als sie J. verlassen wollte, als sie mit Caroline schwanger war. J. hatte wohl mal wieder die Nacht in einem anderen Bett verbracht. Und sie dachte, sie würde auch dieses Kind verlieren. Bob hatte sie wieder zur Vernunft gebracht und davon überzeugt, bei J. zu bleiben.

Sie rauchte abends ohne Unterlass und trank ein Glas von J.s Lieblingswhisky.

Zu manchen Zeiten merkte sie noch nicht mal, dass ihr Tränen über die Wangen liefen. Sie dachte an früher und starrte in Fotoalben oder auf die Fotografien, die in ihrem Zimmer auf dem Flügel standen. Er hatte ihr gern zugehört, wenn sie spielte. Nur keine klassischen Stücke. Die meisten mochte er nicht und ergriff dann die Flucht.

Sie ging in dieser Nacht von Raum zu Raum, nahm Gegenstände, die sie zusammen ausgesucht hatten, in die Hand oder fuhr über Bilderrahmen. Was hatte er sie bewundert, dass sie die Renovierung mit so viel Engagement und Hingabe gemeistert hatte. Sie erinnerte sich, was manche privaten Einrichtungsgegenstände für einen Sturm heraufbeschworen hatten, wenn sie mal wieder einen Anschlag auf J.s Bankkonto verübt hatte. Ohne Gnade. Aus Rache. Mein Gott, was hatte sie seine Kreditkarte zum Glühen gebracht.

Heute Nacht saß sie in J.s Pyjama am Flügel und spielte, was ihr gerade in den Sinn kam. Sie schloss ihre Augen und spielte für ihn. Nur für ihn. Bis sie wieder von ihrer Trauer überwältigt wurde.

Es gibt eine Wahrheit
neben der Gewissheit,
Menschen sind jederzeit
zu allem bereit.

Emma Franziska Jäger

Der 27. November 1963

Nachts

Am späten Abend des 27. November fuhr ein Mann in einem älteren unauffälligen Lincoln auf dem Highway Richtung Norden. Eine furchtbare Woche lag hinter ihm. Übers Wochenende wollte er bei seiner Familie auf Cape Cod sein. Er wollte nicht fliegen. Das war zu aufwendig. Er wollte allein sein. Mal ganz allein. Eine unendlich lange Fahrt, Lichter in der Nacht, das gleichmäßige Brummen des Motors.

Endlich entspannte er sich etwas. Auf dem Beifahrersitz lag ein unscheinbarer Lederkoffer. Er schaute aus dem Fenster. Städte und kleinere Ortschaften flogen in der Dunkelheit an ihm vorbei. Er musste an den gestrigen Abend denken. Er hatte sich mit J.s Arzt getroffen. Dieser hatte ihm alle Einzelheiten seiner Aktivitäten in Dallas und auf dem Rückflug in der Air-Force-Maschine geschildert.

„Ich habe auf ihn aufgepasst, Sir. Wie wir es besprochen hatten. Ihr Bruder und ich. Ich habe niemand anderen an ihn herangelassen. Zumindest ab dem Zeitpunkt des Abflugs. Ich allein führte die Autopsie durch. Das Gehirn wurde entfernt und der Schädel so präpariert, dass man nicht mehr genau feststellen konnte, von wo der Schuss ihn getroffen haben muss. Sein Korsett habe ich ihm abgenommen. Ich öffnete seine Bauchdecke und kontrollierte seine wichtigsten inneren Organe. Ich versichere Ihnen, dass es keine Rettung für Ihren Bruder gegeben hätte. Er wäre die nächsten Wochen zusammengebrochen. Er hatte nicht den Hauch einer Chance, Bob. Ich habe sein Herz entfernt. So wurde es von Ihrem Bruder ausdrücklich gewünscht. Ich hatte nur die Zeit auf dem Rückflug zur Verfügung. Mr. Johnson sorgte dafür, dass Ihr Bruder nach der Landung nicht mehr eingehender untersucht wurde. Es wurde ein Bericht aufgrund meiner Aussagen angefertigt."

„Ich danke Ihnen", sagte Bob ernst und schaute aus dem Fenster in die Dunkelheit. Der Arzt sollte nicht bemerken, wie verzweifelt Bob war.

„Ich gab vor einiger Zeit zwei speziell angefertigte kleine Bronzegefäße in Auftrag. In diesen befinden sich nun das Herz und in dem zweiten sein Gehirn. Zumindest das, was ich noch vorgefunden habe, nach der schweren Kopfverletzung. Er übergab mir letzte Woche einen versiegelten Umschlag. Ihr Name steht darauf, Sir. Bitte." Er überreichte Bob den Brief. „Die Leber und den Magen habe ich ebenfalls entnommen. Die darf nie jemand zu Gesicht bekommen. Diese zwei Organe befinden sich in metallenen, medizinischen Spezialbehältern."

Bob starrte ihn entsetzt an. Man merkte, dass er mit seiner Fassung rang. Bob war hart im Nehmen. Aber alles hatte einen gewissen Punkt erreicht, an dem er einfach nicht mehr konnte.

„Es tut mir so leid, Sir", entgegnete der Arzt. „Ich habe Ihren Bruder sehr geschätzt. Er war großartig. Ich verstehe wohl, dass es zu viel für Sie ist. Aber ich habe Ihrem Bruder versichern müssen, dass ich nur Ihnen alles anvertraue. Sie waren im Bilde über seinen Gesundheitszustand und er hatte zu Ihnen Vertrauen wie zu niemandem sonst. Ich habe alles in diesem Lederkoffer. Sie werden wissen, was zu tun ist."

Bob ließ sich in einen Sessel fallen, er legte den Kopf in den Nacken und starrte an die Zimmerdecke. Er atmete tief ein und aus und schloss seine Augen. Dann legte er sich beide Hände über sein Gesicht.

J.s Arzt fuhr fort: „Wissen Sie, mein Vater hatte ein Bestattungsunternehmen. Deshalb wusste ich genau, was zu tun war, um den Leichnam zu präparieren. Als Kind spielte ich zwischen den Särgen, und als ich älter war, hoffte mein Vater, ich würde sein Geschäft eines Tages übernehmen. Ich habe ihm oft geholfen. Und nach meinem Studium habe ich als junger Arzt lange in der Pathologie gearbeitet. Was man da alles zu sehen bekommt."

Es entstand eine Pause. Der Arzt fragte sich, warum er Bob das alles erzählt hatte.

„Wissen Sie … der Tod gehört zum Leben. Es ist ein natürlicher Vorgang. Und glauben Sie mir, Ihr Bruder hatte keine Angst. Er hatte wirklich keine Angst vor dem Tod. Nur nicht leiden. Er wollte nicht noch mehr Schmerzen erdulden müssen. Er hat die letzten Tage seines Lebens genossen und er hatte einen schnellen Tod. Ohne Schmerzen, das versichere ich Ihnen. Er wollte es so. Daran müssen Sie immer denken, Bob."

Er schaute ihn an.

„Ihre Schwägerin weiß immer noch von nichts?"

Bob gab keine Antwort. Er hatte seine Arme auf seinen Oberschenkeln aufgestützt und saß nach vorn gebeugt im Sessel. Er schaute unter sich und schüttelte den Kopf.

„Sind Sie in Ordnung?", fragte der Arzt besorgt.

„Ja, ich bin nur so erschöpft. Ich habe seit vier Tagen kaum geschlafen. Kaum etwas gegessen und immerzu kreist diese Frage in meinem Kopf herum, wissen Sie. Ich frage mich die ganze Zeit: Warum, warum nur?"

„Warum? Es gibt kein warum, Bob. Sie wissen doch, warum das alles passiert ist", antwortete sein Gegenüber mit Nachdruck.

‚Nein, es gibt doch ein Warum. Warum habe ich schon drei Geschwister gehen lassen müssen', dachte Bob verzweifelt. Aber er sagte nichts.

„Legen Sie sich erstmal hin, Bob. Sie müssen zur Ruhe kommen. Erstmal schlafen. Sie werden Ihre ganze Kraft für Ihre Familie brauchen. Soll ich Ihnen eine Beruhigungstablette mitgeben?“, erkundigte sich der Arzt.

„Nein, ich nehme nie Medikamente. Es wird schon gehen, Doktor“, entgegnete Bob.

„Sie befinden sich in einem aufgewühlten Gemütszustand. Es ist eine dramatische Situation. Da wäre es legitim, eine Tablette zur Beruhigung der Nerven zu nehmen. Aber ich kann Sie verstehen“, sagte der Arzt nachsichtig. „Wenn Sie meine Hilfe brauchen, bin ich für Sie da, Bob.“

„Danke“, seufzte er.

Bob erhob sich, starrte kurz abwesend auf den Koffer aus Rindsleder, bevor er ihn an sich nahm.

„Ich werde jetzt gehen“, sagte Bob matt. „Wir sehen uns.“

„Ich wünsche Ihnen alles Gute und viel Kraft, Sir.“

In dieser Nacht schlief er in J.s Bett mit dem Lederkoffer neben sich. Aus dem Zimmer nebenan drang noch immer J.s Lieblingsmusik. Bob war kurz bei Jay gewesen, bevor er zu Bett ging. Sie trug J.s Strickpullover, den er immer zum Segeln angehabt hatte. Sie rauchte eine Zigarette nach der anderen und heulte fortwährend. Er nahm sie wortlos in den Arm. Dann ließ er sie allein.

Endlich konnte er schlafen. Der Körper forderte sein Recht. Traumlos schlief er bis zum nächsten Morgen. Als er erwachte, öffnete er als Erstes J.s Brief.

Patrick erwartet dich am Flughafen in New York. Am Morgen des 29. Novembers um sechs Uhr. Terminal 7. Übergib ihm den Koffer. J.

Bob fuhr nun mit dem Auto auf dem Highway immer noch Richtung Norden. Er würde pünktlich sein. Nachdem er die Nacht durchgefahren war, kam er morgens um fünf Uhr in New York an. Er fuhr in das Parkhaus am Flughafen. In Bobs Auto lag J.s Filzhut auf dem Rücksitz. J. hatte

Hüte gehasst. Und er hatte noch einige persönliche Sachen im Kofferraum, die auch J. gehörten. Bob setzte sich den Filzhut, den J. nur einmal getragen hatte, als sie im Kino gewesen waren, auf und stieg aus. Er öffnete den Kofferraum und zog J.s cremefarbenen Trenchcoat an, den er lässig offen ließ. Mit dem Lederkoffer in der Hand durchschritt er die Flughafenhalle in Richtung Terminal 7. Dort setzte er sich auf eine Bank und wartete.

Nur Minuten später setzte sich jemand neben ihn. Er war schwarz gekleidet. Man sah sofort, dass er Geistlicher sein musste. Patrick.

„Ich wünschte, wir würden uns nicht unter so furchtbaren Umständen kennenlernen", sagte Patrick zu Bob gewandt. Er sprach Bob nicht mit Namen an. „Mach dir keine Sorgen. Es ist alles vorbereitet."

Bob übergab ihm den Koffer. Patrick stand auf. Man durfte sie nicht zusammen sehen.

„Mein Flug geht."

Sie schauten sich in die Augen. Manchmal sagen Blicke mehr als Worte. Sie umarmten sich zum Abschied.

„Ich komme bald nach Irland", sagte Bob.

„Jederzeit", erwiderte Patrick. Dann ging er.

Am frühen Morgen des 22. Novembers hatte J. einen Brief aufgegeben. Er war an Bob adressiert.

Endlich war er zu Hause. Er fand den Brief zwischen seiner Post. Ohne Absender. Er war am 22. November abgestempelt. Abends, als er allein am Strand spazieren ging, öffnete er ihn. Es fing leicht an zu schneien.

„Wir sehen uns wieder …

Du bist mein Gewissen … Meine Rettung … Mein bester Freund … Du bist der Einzige, auf den ich mich blind verlassen kann.

Robert …

Du bist mein Bruder und mein Flügelmann.

Blut ist eben doch dicker …
Ich liebe dich.
J.“
Im Kuvert fand er J.s Rosenkranz.

Er saß auf dem Felsen am Meer, schaute in die endlose Weite und hielt den Rosenkranz in seiner Hand. Tränen flossen über sein Gesicht.

Manches ist wahr,
Manches nur gelogen,
Oft wurde die Wahrheit verbogen,
Dazugedichtet und weggelassen sogar,
Dennoch ist die Wirklichkeit zum Greifen
nah …

Emma Franziska Jäger

Im Frühjahr 1964

Ein Tag am Meer

Es war warm. Ein älteres, schwarzes Taxi fuhr eine gewundene Küstenstraße entlang. Das Meer glitzerte in der Sonne. Die schroffe Küstenlandschaft war atemberaubend. Das Auto hielt. Ein Mann mittleren Alters stieg aus. Er hatte einen Rucksack dabei. Er war leger gekleidet. Mit seiner linken Hand fuhr er sich durch sein Haar.

Er verabschiedete sich von seinem Fahrer. Der alte, kahlköpfige Taxifahrer grüßte zum Abschied und nickte seinem Fahrgast nochmals zu, bevor er davonfuhr. Er brachte oft Wanderer hierher, die den ganzen Tag an der Küste entlang, das Meer und die unberührte Natur genießen wollten.

Eine Schar Möwen kreischte unten am Strand. Der Mann atmete die frische, feuchte, salzige Luft tief ein.

„Wundervoll“, sagte er leise vor sich hin. Er hatte ein Ziel.

Hier war er noch niemals in seinem Leben gewesen. Dennoch kam ihm alles so vertraut vor. Unweigerlich befiel ihn ein heimatliches Gefühl.

Der Tag gehörte ihm. Ihm ganz allein. Keine Menschenseele würde ihm begegnen.

Stundenlang.

Sein Ziel war ein kleiner Friedhof oberhalb der Küste. Welcher mit einer Steinmauer eingefasst war. Er ging um die kleine Kirche herum, zwischen den Gräbern entlang zu einem Steinkreuz. Auf diesem waren nur zwei Daten eingemeißelt. Zwei Daten und ein Buchstabe.

1917–1963

Und ein J.

Der Mann setzte sich neben den Grabstein. Er entnahm seinem Rucksack einen Beutel.

Sand.

Sand von der Küste Cape Cods. Den Beutel verstreute er auf das Grab. Dann zündete er sich eine Zigarre an. Die Lieblingsmarke seines Bruders. Er machte einen tiefen Lungenzug und ließ seinen Blick über das Meer in die Ferne schweifen. Erneut kramte er in seinem Rucksack herum und entnahm ihm ein Buch. „The Pilgrim's Way".

Stundenlang saß er in der Frühlingssonne und las. Er war so vertieft, dass er lange nicht bemerkte, dass er einen Zuschauer hatte. Auf einer Holzbank hinter der kleinen Kirche saß ein Mann. Er war schwarz gekleidet und man sah ihm sofort an, dass er Pfarrer sein musste.

Als der andere ihn bemerkte, stand er auf, ging auf ihn zu und setzte sich neben ihn.

Sie schauten eine Weile schweigend in die Ferne.

„Das Meer ist wunderschön, nicht wahr?", sagte der eine in die Stille hinein.

„Er hat es sehr geliebt", antwortete der andere.

Die zwei Männer verbrachten den Rest dieses Tages gemeinsam.

Als Bob allein in sein Hotel zurückgekehrt war, meldete er ein Gespräch nach Amerika an. Es klingelte eine gefühlte Ewigkeit, bis jemand den Hörer abnahm, und „Ja, bitte", in den Hörer murmelte.

„Kennst du den Satz: Man kann einigen Leuten einige Zeit etwas vormachen, aber nicht allen Leuten alle Zeit!"

„Abraham Lincoln. Und dann noch falsch zitiert. Bob, weißt du eigentlich. wie spät es ist?", ächzte Jay am anderen Ende der Leitung.

Er atmete tief durch und war in diesem Moment froh, ihr nicht in die Augen schauen zu müssen.

„Ich habe dir etwas zu sagen …"

Jack Ruby, der Mörder von Lee Harvey Oswald während seines Prozesses

„Die Welt wird nie meine wahren Tatmotive erfahren, nie erfahren, was wirklich geschah“, sagte Ruby während seines Prozesses. „Die Hintermänner hatten ein so übergeordnetes Motiv und brachten mich in eine Lage, in der ich der Welt niemals die wahren Zusammenhänge erzählen kann.“

„Sind diese Leute in ganz hoher Position?“, wurde Ruby gefragt.

Jack Rubys Antwort: „Yes.“

Lee Harvey Oswald, der mutmaßliche Mörder von JFK

Während seiner Vernehmung gab er auf die Frage, ob er Kennedy erschossen habe, folgende Antwort: „Ich habe niemanden erschossen!“

Als er am folgenden Tag bei der ersten öffentlichen Vorstellung erfuhr, dass er des Mordes an JFK angeklagt werden sollte, rief er:

„I'm just a patsy!“

Vielleicht, ja vielleicht war auch alles ganz anders …

An einem Sommertag im August
In einer Bar saß ein Mann. Allein. Es war der 6. August 1962. Er trank einen Whisky nach dem anderen.

„Ich habe nicht auf mein Babe aufgepasst“, stammelte er immer wieder. „Nicht aufgepasst …“

Für

Micha

Johann C.

Emma A.

Elise K.